天涯太遠，先到海角

范俊奇——著

目次

輯一、繁華靡麗一笑收

輯二、但惜流塵春深鎖

輯三、湖柳共色山雲憂

輯四、野徑雲黑星獨明

輯一

繁華靡麗一笑收

香港。

Hong Kong

暖色浮餘生

拖著行李箱從電梯出來的時候，他頭也不抬，語氣硬邦邦的，像塊石頭，帶股香港人特有的市井氣，但內容卻出奇暖心，對我說：「走啦？明年天氣沒這麼涼的時候再過來吧——」我一邊笑著回應，一邊瞄了眼他別在制服口袋上方的名牌，上面繡了個神氣的名字：李展鵬，於是馬上接口：「再見了李先生，多謝你昨晚介紹的蠔鼓菜乾湯飯，味道真好。」他這才抬起頭，一臉得意地笑開來：「下次來，再給你介紹其他遊客吃不到的道地美食。」

而那是我上幾輪到香港的記憶了。一間小旅舍的看更。一個旅途上恰巧遇上的，願意傳達善意的人。那回我臨時決定多留一天，約了朋友在旺角西洋菜街的二樓書店見面，根本連住的地方都來不及訂，朋友說，將就住一晚吧，反正隔天就走，你主要都是買書買雜誌，並且機場長巴就在對面街——我點點頭。我知道，好些城市的敦厚風景，是你必須矮著身子鑽進去，才看得見的。我也知道，這些碎剪的場景，終有一日，將會成為我想念某一座城市時，被歲月逐寸逐寸放大開來的畫面。

就好像我偶爾還是會想起蘇黎世的那場滂沱大雨。我舉目無親地站在和飯店對望的電車站，那雨傾盆而下，大得幾乎「把貓和狗都沖上了街頭」，而我身上一件可以傍身的雨具都沒有。我特別記得，我冒著雨正準備越過馬路，一輛拐彎駛進來的車子看見了，遠遠地就停了下來，在雨中亮著燈，安安靜靜地，一直等到我狼狽地涉水走到對街，才閃了閃車燈，慢慢地把車開走——而那驀然一閃的友善的訊號燈，我一路記到如今。

然後我一踏進飯店大堂，那一頭紅髮戴著粗框厚眼鏡的前台經理瞪大了眼，風趣地做了一個在泳池裡划水的姿勢，問我是不是游泳游回來的？卻隨即轉過身，不知從哪找來一條乾淨的毛巾遞過來，嘴裡一連串地說，擦乾擦乾快擦乾——我笑了笑，告訴他我其實更需要的是一杯燙嘴的熱開水，他馬上收起調皮的笑臉，迅速走進左側的餐廳，給我端來一杯熱呼呼的開水，耳杯上掛著一袋素淨的甘菊茶包。

總是這樣的。也確實是這樣的。到最後，每一段旅程真正留下來，值得我們往後重溫的，很多都不是我們預期的。比如那些來歷不明的善意。比如，那些猝不及防在你心裡安住下來，連名字你都來不及記下的人。偏偏這些岔開來，和預設中的旅程完全互不相符的情節，到最後，竟都是你不介意千山萬水再飛一次，希望可以再遇上一回的人與事。

就好像人的境遇，基本上也是大同小異的。要等到事後回想起來才恍然大悟，那曾經經歷的場景設定，背後原來也有著替下一程路鋪磚架橋的用意。而人生，誰沒有那麼一兩道總得要跨過去的坎？事業困頓，前程未卜，明明安排你換個登機口就可以擰身走人，可因為飛機發生故障飛不了，你被迫困頓在一座臨時過境的機場，只得懊惱地鎖緊眉頭，手裡緊握著一張登機證，以為可以隨時跳上下一班機火速離境——可三番幾次，等你趕到了登機口，卻還是被狠狠地駁回頭，航班一改再改，飛機始終還是飛不起來——等到終於可以登上飛機，可以頭也不回地飛走的時候，你拉起行李箱，腳步忽然沉沉的，竟有那麼點意興闌珊——你於是發現，這過境的機場在過去的日子裡，一層層，一疊疊，替你架起友善的防護欄，讓你緩衝，等你調息，以便你可以在下一波浪頭打過來之前，扎穩自己。甚至那些原以為僅僅是擦肩而過，盡量保持適當距離堅持點到為止就好的人，竟也細細碎碎地，漸漸堆積起清理起來還真有點費力的感情，這一些牽絆，全都始料未及。

而一段旅程之所以美麗，之所以日後會經常被記憶，恰恰是因為它必須結束，它不可能永恆，以及從一開始你已經知道，它背後附帶的遺憾，就是你必須帶著登機的隨身行李——捨得，捨不得，到最後你一定會明白，所有失去，都是不同層次的獲得。也因此某種程度上，我其實不介意一段關係、一場交往、或一塊文字地盤走到尾聲。尾聲，其實也代表新生——沒有尾聲，又怎麼挪得出空間，去迎接另一段神清氣爽的全新的誕生？

正如每一次在一座全然陌生的城市裡醒過來，心底下老是興致勃勃地把自己當作是全新的一個人，彷彿眼前有一段陌生並且沒有個人歷史包袱的人生正等待著被自己隨心所欲地開展，但其實不是——再長的旅程都只是串起復撒落，也只是租借和歸還，我們只是在初次會面的風景裡，風風火火地釋放平時被隱藏起來的自己。

而我從即將起飛的機艙望出去，剛好看見擦得晶亮的機翼上停著一隻白色的飛鳥，也許是幻影，又也許純粹是一種象徵，但我選擇在每一次的道別，都只記取日子的溫良與人情的敦厚，往後一路向北，那些曾經結識過和相處過的人，無論是旅途或人生，恐怕再見面的機會不會太多，因此祝願他們在光影移動的每一個剎那，暖色浮餘生，都會遇到良善的人，懇切地對你說：「明年天氣沒有這麼涼的時候再過來吧——」

繼園台上的葛薇龍

也只是聽說。

聽說張愛玲客居香港的時候住過這裡，北角一座依著山勢而建的小小公寓。

而經過的時候恰巧就快黃昏，我純粹以一個客途行者的身分，停在路肩上抬起頭往上張望，發現山腰正大興工程，一大群地盤工友在互相吆喝，卯盡全力，趕在日頭落山之前快馬再加鞭，不過是希望在預定的期限，將格式新穎的高級公寓給建竣下來。

間中吧，也見到菲籍幫傭拖拉著小小的方形塑膠籃子，上上下下，到山坡下的街市買餸煮飯，其中讓傭人放學後接回家，蹦蹦跳跳著，眉眼如春曉的金髮男童也是有的——誰曉得呢，這些客居香港的藍眼男孩，長大後會不會又是另一個專門搗碎女人心的喬琪喬？

當時正值汗流浹背的盛夏，香港的秋天正遠遠地、遠遠地袖起手觀望著，還沒熟透呢——而我靠在山腳下的欄桿，半站半歇，也不全然是對張愛玲朝聖，更不是企盼見到從山腰款款走下如琉璃般精巧易脆的葛薇龍，僅僅是因為走累了，想找個地方歇歇腿，而拂面而過的涼風，竟意外地在我面前也一併拂過，這一幅躲在鬧市背後，香港難得歲月素淨的家常風景。

最主要還是，我第一次聽到就完全被這條街的名字給驚豔了：繼園街。這名字聽上去是張愛玲應該會喜歡的，也應該會是被她寫進她書裡邊去的。而我偶爾偷閒，飛過來香港歇歇走走，向來以沒什麼主張為主張，格局偏小，眼界也窄，淨挑愛看的看、愛逛的逛，只在意一路上拾得的愜意，是不是真的適得我意，也是不是值得隨手摺進記憶的縫隙，綿綿密密，然後隔上好久好久之後再打開，看看那記憶是不是依舊芳香撲鼻，盤繞不去。

實際上每次客途香港，到底還是覺得只有舊時香港，才有滋有味，才有那種走親戚探朋友的親切氣味。因此最近一次到香港，還特地來來回回，搭了好幾趟的電車，從銅鑼灣到灣仔再到北角，一路叮叮叮叮，經過專放映粵劇的新光戲院，也經過當年聲名顯赫的金龍酒家，再經過曾經風光一時的崇光百貨，讓我禁不住想起木心說的：「人世間所有的長途跋涉，只不過是為了反樸歸真。」而時間，到最後教會我們的，也真的是這麼一句，「返樸歸真」，而我們的一生，所有的長途跋涉，到頭來也只不過是求一場體驗而已，終歸帶不走，終歸要擱下。

另外，我對香港的二樓書店和二手書店，一直都有一份解不開的情意結。因此把自己留給北角的那大半天，森記圖書自然成了我至重要的行程，只是森記的貓，也未免太多了一些吧？正因為貓多，也難怪貓書店的店主要三番四次貼紙聲明：貓痴們請不要假借買書之名，上門與貓戲耍，否則後果自負——但後果是什麼？我禁不住疑惑，是因為書迷的好奇心錯殺過一隻貓？或是發生過讀了太多吳爾芙的貓，最後給書迷誘拐出走，還是自己溜到河邊不回來了？

倒是貓一多，看書、選書難免不能專注。我老是被一隻黃褐色的彪形老貓不斷發出的咕咕聲所干擾；另外一隻黑白間色的，身形婀娜，自恃有幾分姿色，不時有意無意地靠過來，將貓僅有的那幾招風情，一五一十地朝我賣弄。可我不是貓痴，從來都不是，貓的優雅和我想成就的優雅是兩回事——我屬狐，這是很多人都知道的事。

撇開貓事，森記也是值得尋幽探勝的二手書局。年輕的小老闆顯然是個書精，「今天風日好，唯恐有人來」，那天剛巧就把店開早了，一邊侃侃而談，對上門的老書迷把脈解書毒；一連打了幾通電話，好像摩西開紅海似的，替書迷追蹤書的下落；竟還一邊轉過身蹲下來，趁開市前，在書店門前燒起紙錢——我其實很喜歡這突如其來，在我面前漫開來的，濃濃的香港市井之氣，感覺自己和北角的寫實日常，原來也可以靠得這麼的近。

當然森記和旺角的序言書店是不同的。序言也有貓，貓的名字我打聽好了，叫未未，取粵語「妹妹」之意，可我昨天過去，未未不在，也許是午寐去了。相比之下，未未的目空一切，寵辱不驚，比起森記比十二金釵還要讓人眼花撩亂的貓在書堆中團團轉，實在要討我歡心得多。

我不熟貓，不諳貓的脾性，對貓雖存好感，卻從未興起養貓之意。不過倒真有點驚訝，香港愛貓的讀書人還真不少，而且知名的書店幾乎都有鎮店之貓，以貓作為招徠，也許是貪貓優雅，又也許因為那些驕傲的在書店裡睥睨眾生的貓，都是讀過一些書，連翹起來的尾巴，一搖一擺，都有濃濃的書卷氣，而面對這樣一幅香港文化風情，我倒甚是鍾意。

香港沒有好萊塢

實在不敢說不熟香港。

但那熟，不是把香港和九龍的每一條巷子都摸通摸透的那一種熟，純粹是一種說不上來的，情感上特別親切的那一種熟。只要一下飛機，找間茶餐廳坐下來，稍微把聲線壓低用廣東話點餐，那感覺就好像又回返鄉下探親一般，自動就把緊繃的肩膀給放鬆下來——

而這一種感覺，是連台灣也給不到的。人在台灣，我和在地人說話一直都客客氣氣，始終感覺自己是客，保持得體的距離。主要是城市的氣質上，台灣相對之下太謙和、太文藝、太溫順；但香港不是，香港是生猛的，是剛烈的，是巴辣的，所以我認識的港女，普遍上都帶有一種很吸引人的颯爽的英氣，她們很少穿「繆繆」或「迪奧」，嫌那設計太嬌氣太沒個性，她們一般上不是穿「川久保玲」就是穿「史緹拉麥卡尼」，用最俐落的線條，將她們的個性更強烈更立體地拉拔起來。

而常常，我一個人放慢腳步留下來體驗的香港，恐怕是一般遊客不會想去探索的香港，非常的草根，非常的道地，也非常的興之所致，走到哪裡就是哪裡——

但所謂「哪裡」，只有我知道，是掖在我心裡的一張香港地圖，它一直都在那裡，也許已經有點過時，更也許已經名不符其實，根本不再是那麼一回事，可那些都是我對香港最初的想像和最終的嚮往，在我心裡一直都還在熱烈烈地燃燒著。這也是為什麼，我第一次跳上電車，一路聽著叮叮的車聲，穿過人潮，穿過時光，穿過我書裡讀過的香港和我在電影裡看過的香港，最終停在人聲沸騰的春秧街街市中央，然後電車司機嫻熟地跳下電車交更，我卻還怔怔地坐在電車上，渾身發熱，久久不肯下來，非要讓自己在舊時的香港時光多待一會，也非要讓自己對舊時的香港場景多懷舊一分。

做為一名旅客，如果我人在歐洲的思維方式是橫向的，那麼我在香港的思維方式則肯定是縱向的。我喜歡在香港滿街滿巷地蹓躂，喜歡到處琢磨香港人的所思所想，然後把所有遇見過的人與事，都孵在心裡，以便可以仔細擦拭在時光的潛望鏡中窺見的香港，包括香港的現在與過去。這也是為什麼，我不介意蹲下身子，在深水埗的鴨寮街向孟加拉二手攤販買下一雙來歷不明但八成新的 Paul Smith 牛津皮鞋：紫色的鞋帶，杏紅色的鞋墊，硬淨的駱駝色鞋身，如果你懂，就會知道只有史密夫爵士才夠膽混搭出這種顏色。而在同一個時候，我一邊在商販不停吆喝叫賣的鬧市中試穿鞋子，一邊看著好幾個年邁的阿婆，正吃力地推著一疊疊執拾回來的紙皮，來來回回，從我身邊走過來又兜回去。

我也曾經坐在長巴上，和一路打著瞌睡的阿伯，以及在巴士上不斷扭動身體，不斷向年輕母親發問同一個問題「為什麼老師今天不發作業」的行動失調症小孩，一起途經薄扶林道，最終讓巴士開到人煙稀少的赤柱，在士多店旁搭出來的小餐廳吃一碗至今我還是認為那是全港最「正」的雲吞麵，然後一言不發，坐在一排老屋村面前的石墩上，對著大海，坐著坐著，就把時光都給坐老了。

我更曾經在廟街一間賣著「龍虎豹」的隱晦書店，買過一本港幣十塊錢的《玫瑰的故事》，那應該是水禾田以淡色插畫壟斷亦舒小說封面之前的第一版，而封面上的玫瑰，神情肅穆，眼角懸著一顆顯眼的淚痣欲墜未墜，欲說還休。並且，為了向少時沸沸騰騰喜歡過的亦舒致敬，我還搭過地鐵到亦舒飛往英倫之前住過的美孚新邨，然後坐在安靜的小公園裡，吃一件「美心西餅」出名的椰香雞蛋捲，我知道這行徑也許有點矯情，但至少，我很高興因而輕輕地抱了一抱當年在認識黃碧雲和鍾曉陽之前，偏愛亦舒不愛林燕妮不愛嚴沁的，年少的我自己。

我甚至差點忘記了，我其實也到過天水圍，一直覺得那真的是一個樸實的社區，我記得我隨著人流，擠進只有一節車廂的輕鐵，和當地的居民靠在一起，穿過環形公道，途經園圃和村落，企圖用眼睛，像看一場許鞍華的電影那樣，深深切切地把這座有著濃厚悲情背景的社區的印象，都一一給嵌入記憶裡。到最後居民們都到站離開了，我才循著原班輕鐵，回到香港的主流生活，沉靜地待在物質主義的邊界，掂量、思索和觀望，我以為熟悉但其實陌生的香港。

我當然也到過元朗，因為有個我很喜歡的香港朋友住在那裡，雖然當時他剛巧出國去了，而我在元朗也只是草草地逛了一圈就離開，心裡卻還是高興的，至少我到過我朋友騎單車、住祖屋、設盆菜宴賓客的地方，並且走在那些陌生的街巷之上，親近著他的現在和過去，也隱約感受到他在時間和空間上留下的生活印跡，而我走這一趟，是希望可以留下清爽而明澈的記憶，認真地紀念這一場相識和交集。

還有好幾次，因為遇著夏天，我打旺角跳上不超過十九個座位的公共小巴，經白沙灣進西貢。其實我也不是為了香港的海闊天空或「船頭尺」的table for two，只是想到西貢吃頓午飯，吹一吹混著海產鹹腥味的海風，消磨掉在香港的時光。偶爾吧，還會遇見一大群身材健碩的壯男，赤著曬得通紅的上身在划船，或者是三三兩兩貪戀香港風情的外國遊客，戴著墨鏡和草帽，對著香港富豪們泊滿在碼頭上的遊艇在喝啤酒，他們一定在想，香港真是個傳奇，地方這麼小，人這麼擠，偏偏有錢的富豪竟這麼多。至於我，我比較像一隻念舊的海鳥，總是一有機會就飛回來香港落一落腳。

所以每每在上環的雜誌社，和香港同事開完會，如果時間不是太匆促，通常我會搭一程地鐵到西營盤，找一家開在老式唐樓底下的舊式茶餐廳坐下來，給自己點一碗豬脷米線，唏唏嗦嗦，吃得額頭的汗全都冒出來，再喝上一杯凍檸，然後告訴自己：對，就是這樣，香港就一定要這樣才對味。真正的香港的味道，是豁達的也是激昂的，他們雖然以戲謔的態度面對人生，但卻以莊重的態度對待自己。而香港沒有好萊塢，香港人連發的夢，也遠比我們活著的日子清醒。

台灣。

Taiwan

九份多雨

九份多雨。而九份的雨，其實已經編排在我的行程裡。我甚至把一支短柄折合傘，預先藏進了行李箱。

那一年到台灣，逗留的時間其實很短，短得就只來得及打個轉，但再怎麼倉促，我還是不肯把九份的行程刪去，即便只來得及當一天膚淺又魯莽的旅客，我想我也樂意。

而最主要是因為，我記起《悲情城市》，辛樹芬拿著父親寫的介紹信，到金瓜石的礦工醫院當護士。初到九份，因山路不好走，負責照應她的梁朝偉安排了轎子把她抬進山裡，那時是昭和廿年，她第一眼見到的九份是，「好天，有雲，山上已經有秋天的涼意，沿路風景很好——」

我坐在電影院裡看上去，銀幕上的九份，清朗，舒爽，有一種素樸的美，和一陣撲面而來，說不出的熟悉，我於是把這景色牢牢記在心裡，並且告訴自己，將來若是有機會到九份，那契機，應當是侯孝賢替我埋下的這一份。

可我上九份的時間不對，碰上了梅雨季，那雨下得又密又急，我從巴士上下來，站在九份「暗街仔」的街口望過去，眼前就只有絡繹不絕的旅客和摩肩接踵的雨傘而已。

而我幾乎全程都是被人潮推著往前走。隨著人潮拾級而上，又順著人潮拾級而下。並沒有感受到九份懸在山丘的霧雨迷蒙，反而沾了一身的雨水和一臉的茫然，在巷弄中隨著人流上落穿梭——坦白說，那一次的九份，比走馬看花還要倉促，比竹竿趕鴨子還要狼狽。那些一心想去探的、看的、訪的，比如祈堂老街恬靜的日式老屋和文青咖啡座，還有老街盡頭阿柑姨芋圓店——聽說只要走進去打開大面窗口坐下來，就可以靜靜看上一整個下午的山海，統統都沒機會實現——最終我唯有給自己一個苦笑當作獎勵，至少我沒有違背曾經給自己許下的承諾，就只可惜平白辜負了九份的靜美。

而這一趟的不合時宜，並沒有打擊我從電影裡和文字上對九份拷貝下來的印象——那開在山丘上的酒樓，那入夜掛起的燈籠，還有那從屋子裡傳出來的台語歌曲和一家子人閒話家常的對白，一直都在我的腦海裡，一直都沒有被移開，更一直很想仔細看一看，九份掛在秋天的夜景。

離開九份之前，我收起雨傘，上了一輛開往瑞芳火車站的大巴，在巴士上剛坐下來，就聽見一個看起來明顯像陸客的男人，拔開喉嚨，對一個穿著花上衣的中年婦女說，妳把地址和電話留著，照片還給我，我們明天就回大陸了，如果真有什麼消息，麻煩妳打給我。

那女人馬上粗著嗓子回答，照片我不需要，你拿回去，都隔這麼久了，除了金瓜石，很多地方都拆了，怎麼可能還找得到，就算有消息我也不會打給你，我會叫我妹妹打給你，她在九份觀光局做事，在九份認識人多。

當時我隔著兩排座位，完整地聽到他們的對話，並且在他們互相推讓之間，瞄了一眼那張照片——

照片當然是黑白的。一位因為面貌實在平庸，所以照片拍出來特別寫實的女人，眼睛睜得大大的，對著鏡頭，一點笑意都沒有。而且我完全猜不出來，照片裡頭那個對生命惶惶不安的女人被拍攝下來的時候，到底有多大年紀？

那男的用下巴指了指坐在另一列座位上的另一個男子，接著說，我們剛剛也到派出所跑了一趟，把資料都留下了，他們也只是說盡量，恐怕希望不大，但我哥哥一心想找回他母親，也不知道人還在不在。

你們不是親兄弟？那女人明顯吃了一驚。

不是，是表兄弟。當年他跟他父親回一趟大陸，結果就回不來了，現在他父親沒有了，他想回來找他母親。

而另一個頭髮花白，一臉憨實的男人這時才回過頭來，開口說了幾句我完全聽不出來是哪一個省縣的方言。原先那男的聽了，馬上又把照片推過去給那女人，照片我哥說妳可以拿著，也許可以問問妳父母親認不認識，妳父母親還健在吧？

照片我不要，你拿回去，弄丟了我擔當不起，那女的語氣倔倔地回應，我父親去世很多年了，我母親還在，但她很老很老了，不會認得出來這人是誰了，然後又有點過意不去似的，嘀嘀咕咕地又說，你剛才早點見到我就好了，我帶你到黃金博物館去，裡面有個辦事的是我們親戚，他年紀比我們大，也許他會認得——

而她話還沒說完，司機已經扯開喉嚨喊了起來：瑞芳火車站，瑞芳火車站，回台北的這裡下車——一個剛剛挑起線頭的故事，馬上又被剪斷了去。

而這故事會不會還有下文？即便還有下文，其實又與我這個南洋人有何關係？我不過是個敗興而歸的遊客啊，而且整個故事也只是聽了個大概，根本搞不懂來路，摸不清底細，就只是碰巧在一輛從九份往山下開的巴士上，張開一雙天生愛聽故事的耳朵，聽了半截跨越兩岸的兩代人的故事罷了。

於是我站起身，一邊輪候著下車，一邊禁不住蹙起了眉頭，車窗外的雨勢愈來愈大，台北的雨，原來比我想像中的還要纏綿，還要執拗。而今天的九份，顯然一點都不九份。沒有侯孝賢。沒有吳念真。也沒有梁朝偉和辛樹芬，卻讓我留下了下一趟總得再回來的決意。九月這場滴滴答答的雨，一定有它的因由和道理。

一頁台北

台北一整天都是雨。

但愁眉不展的台北，終究還是我心心念念的台北：一樣秀麗的老樓房，一樣溫文的好人情。

我收起傘，臉上浮起清淺的莫名的笑意，微微縮起身子，和好幾個感覺上特別親切、但實際上完全陌生的台北人，一起躲在騎樓底下避雨。

而真巧，又是梅雨天呢，我遇上的台北，奇怪，總是無止境的綿綿梅雨。甚至連氣象報告也不留情，一再咄咄逼人地扼斷我興致勃勃準備好好擁抱台北的各種可能，我嘆了口氣，乾脆退開一步，對自己說，那我心平氣和地在「永和」喝碗熱豆漿，然後再往臨近的二手書店專注地給自己選幾本還帶有前人手溫的書帶上飛機總可以吧？我特別喜歡台北的二手書店，那股不經意的孤芳自賞和傲氣凌人，是風骨，也是態度，我手上好幾本早期的七等生，都是從二手書店給搜回來的。

至於每一場傾盆而下的雨，自然都有著節氣循環的因由，而每一個讓心情枯萎下來的失望，背後肯定也有著更細膩的鋪排——我其實一點也不著急，雖然台北的梅雨認真下起來的時候，其實和台式情歌一樣的纏綿，一樣的悱惻，背後彷彿老是有著怎麼也忍不下心按下句點的眷村故事，以及怎麼也兜兜轉轉破不了困局的愛情迷關。

尤其台北向來多情。我撤離信義路，坐在計程車內，讓司機一路帶我經過南京西路和重慶北路，開向復興北路的時候，天空一直灰濛濛地緊憋著眉頭，而長得還真有點像陳松勇的健碩司機，一邊悶聲不響地開著車，一邊豎起耳朵讓自己掉進台語電台裡聽眾打電話進來和女主持人閒話家常的處境當中。

可不知怎麼的，我坐在車廂內，竟感覺沒來由的親切，仿似不費吹毫之力，就被推進七〇年代的台灣，回到那個大家都安分守己地貧困著節儉著，也愛恨分明地快樂著夢想著的鄉土文學的情境裡頭。

我記得卡爾維諾好像說過，旅行就是一種敘事，無論是對人生或文學，只要把旅途經歷的仔細再敘述一遍，都能讓人獲得無以倫比的成就——

而我認識的台灣朋友，很多因為文學底蘊雄厚，隨便說起一樁旅途遇上的平常事，也像是一篇漂亮的散文詩。相對之下，我明顯粗簡多了，旅途之於我，長與短，遠或近，從來都不算什麼，我在乎的是可以讓其他人與事暫時在我的世界淡出，然後心無旁鶩地靠近我自己，依賴我自己，審視我自己。

何況我從來不是一個精打細算的旅人，非得把經費和景點都認真地盤算之後才上路。就好像客途台北，十分明白所有的風景都是借來的，只有心境才是自己的，因此寬著心隨遇而安，循照台北人一般過的日子和平常做的事。

即便雨勢漸大，被困在台北車站，也從容地轉身走下K區地下街的深夜書堂，躡輕手腳，靜靜地翻幾頁書，或悄悄地追探那些神色深不可測的愛書人會把什麼樣的書，端起來又放下，放下後再端起來——而你永遠猜不透的是，他放下的那本書，是他所經歷的澎湃的過去，還是你即將扛起的波動的未來。

我常覺得，讀書，其實是一條通靈的途徑，也是一個詭異的旅程。你必須透過另一個人山青水綠的書寫，才能遇見新一個柳暗花明的你自己。文字很皮，老是滑不溜手，但台北懂得把文字制得服服貼貼的把弄文字的人比比皆是，而出沒在深夜書堂裡的，絕大多數應當都是飢腸轆轆，一心想要煮字療飢的人，太了解自己餓的是什麼，饞的又是什麼。其實在深夜「書」堂，誰也不稀罕當一個專門抓摸你文字味蕾的主廚，告訴你閱讀菜單上被重點推薦的是什麼。你不是應該比誰都懂得依據自己刁鑽的閱讀脾胃，親自料理出你閱書無數「逢鹽必少、遇甜即逃」的獨特口味嗎？

離開台北之前，飯店幫我招了計程車，年輕的司機熱心地搶著替我把行李扛上車後廂，隨即「哇」的一聲，「怎麼那麼重」，我帶著歉意回答：「都是買回去的書啊」，他咕噥了一句：「也難怪，台北就是書店多。」

而那雨還在下，我從車窗望出去，撐著傘的路人，臉上並沒有太多的不耐煩，台北人對天氣的妥協度一點都不低，倒是看了出來，其中有好幾個舉止特別文氣的小男生，站在熙攘的人潮，像個早慧的詩人，正滿腹密圈地掉進句子和段落的泥淖當中——我喜歡台北，因為它親，它是我在文字書寫上摸過的第一隻象，也是我跳動著的閱讀脈絡上，最常給我叮嚀與指引的人。

北京。

Beijing

紅牆猶夢舊京城

而這樣，無非已是最好。一座城。一條單向街。一座種了兩棵槐樹的四合院。醒過來才記起，原來前一夜，自己是在一大片紅色護城牆的牆根下睡了過去。那早晨我記得，一直記得。三進的院落，面向內院的窗子還沒來得及推開，雲雀已經在枝頭上啁啾了整整一個早上，當時我就對自己說，這樣子的北京，我很想看一看它下雪的樣子——

結果第二次再回去，我還是沒有等到北京下雪就離開了。天冷。一種幾近蠻橫的冷。從王府井地鐵站鑽出來，天色向晚，而那一趟，我住東城區，沿著南河沿華龍街一路往前，走到大街尾端往右一拐，就是我當時投宿的地方。那是最後一天留在北京了，我手裡拎著一袋書，沉甸甸的，也走乏了，特別想找個地方坐下來，好好整頓開始漫上來的，離別前淡淡的愁緒。並且我知道，打華龍街一路往前，約莫還有半小時的腳程才能走回飯店。我抬頭望了望，北京的夕陽特別淩厲，不費吹毫之力，就把天空染得濃灩灩的，像一幅潑滿色彩的畫，於是燕子們都興高采烈，又呼朋又喚友，準備穿過雲層飛進畫裡頭去，牠們以為，牠們真的以為，可以用自己的尾巴，把天空裁剪成一襲霓裳。

於是我還是決定先歇一歇，把書袋擱在腳邊上，四下張望，剛巧路肩就有家小小的麵鋪，裡頭亮起渾渾晃晃的一盞黃色的燈，而店旁邊還挨著一家老老實實的鞋店，專賣用手縫製的老布鞋，一個老奶奶正專心地納著鞋底，她的孫子搖頭晃腦地走過來，把圓圓的頭臉一股勁兒地往她懷裡蹭——我把頭探進麵鋪，看見一個十來歲的男孩，長得端正清秀，正伏在麵桌子上專心寫作業，看見我走了進來，一臉的懵憨，大抵還不熟絡如何招呼客人，而老闆娘聞聲從廚房走出，一邊把濕漉漉的雙手往圍裙上抹，一邊指著牆上貼著的一張打橫手抄的菜單叫我看，嘴裡說著：「米飯麵條，啥都有，管吃得飽。」我笑了笑，拉開凳子，選了個離店門口滾著沸水的爐子遠著點的座位坐下。在北京，其實我更喜歡這一類家庭式小麵家，喜歡它的日常和樸實，喜歡它透著年歲的慈祥。那店裡頭其實也就兩張長桌，幾把凳子，靠近廚房的籠子上，還蒸著兩屜熱氣騰騰的饅頭。也許離晚飯時間還早，店裡一個客人也沒有，我於是循著老闆娘的指示，認真研究起牆上的菜單，最終決定給自己點一碗紫菜蛋花湯，和一碟麻辣刀削麵。老闆娘應該看出我不是北京人，試探著說：「你外地人，受得住辣不？」我笑了笑，回說：「受得住。我不還點了一碗湯嗎？」老闆娘搗了搗頭，滿臉笑容，領著我點的單，轉身進入廚房，跟一張臉拉垮下來，乍看還長得真有點像張藝謀的廚子交代兩句，隔沒一會就把麵和熱湯一併端了出來——而那湯和麵，火紅柳綠，紅的是那一碟澆上一大圈紅油的刀削麵，綠的是整個碗都撒滿綠蔥的紫菜湯，而那綠蔥的綠，現在還是讓我憶想起紅牆背後的社稷壇，我前兩天還特地繞進去走了一圈，沿河那一條小徑，裊裊繞繞，都長滿一排排相互緊挨著一起搖擺的青柳。

我喜歡南河沿，喜歡順著南河沿遛彎，一路往下，愈走就愈僻靜。尤其是秋末，樹葉還沒全盤落盡，路邊一排頂天立地的槐樹，露出閱人無數，一切了然於心的神色。途經幾座新建的高樓，突然一陣過堂風，毫無預警地竄出來抵在顏臉上，那種幾近鋒利的冰冷我認得，像好多年前我在蘇黎世的河道旁散步，那風也是這麼突如其來地撲過來，一種久違的，刺進骨頭裡的溫柔——就像那家仿四合院的小旅館，我住了兩次，每次住進去，不知道為什麼，老覺得時光變得好慢好慢，靜靜地懸掛在那裡，我突然很想讓未來暫時不要靠過來，至少在那一刻——我想和我自己好好地多待一會。

至於那冰冷的鋒利，我想起的還有前兩趟在北京，我趕過去798，也到了三里屯，一連看了幾個藝術展，包括波蘭藝術家Paweł Althamer採用厚厚的塑料鋼絲，不斷纏纏繞繞，重塑翻鑄的九十張臉孔，那些臉孔有些溫柔有些不，更多的，其實是解不開掙不脫的憂傷，唯一的連接，是他們一直都沉默著，而沉默，我很明白，其實也是一種敘述。

我記得我在798會展來來回回，徘徊了又徘徊，怎麼也不想草草離去，想一直留下來，細細感受室內帶有水氣的安靜——那些鋼絲雕成的雕像，都有個身分，都叫作「威尼斯人」，一個個，逼真得彷彿都在低聲交談，也彷彿都在輕聲嘆息，交換著彼此哀傷的過去，而所有的悲傷，當它被確認為悲傷的時候，基本上都是潮濕的。

因此每一次想起北京，想起的總是冷風颼颼地吹，胡同裡見到挑擔子的老爺爺，脾氣不是太好，一邊大聲叱喝著要遊客讓路，一邊利索地提著兩大籃子的凍柿子，胡胡咧咧地走了過去，也想起在敞開的四合院裡打盹的阿姨，臉上還繡著流行的水霧眉，兩個小孩在她身邊追來逐去——這樣的北京有點老，有點舊，舊得完全被時代給甩下了，但北京的舊，總舊得年年歲歲，舊得特別美麗，像胡同深處，有人一時興起，拉起一小段胡琴，曲目叫啥，拉開來的是誰的心事，畢竟都記不清了，而我站在大雜院的門洞裡，像丟了魂似的，久久捨不得離去。

燕剪黃昏鎖胡同

蟬鳴一下子停了——奇怪，蟬聲一停，北京於是就安靜了。

是夏天。我走過國子監的孔廟。那一道紅色的牆我之前是見過的。也許是畫報上，又也許是電影裡，我實在記不清了。但記憶裡的親，常常是一認定了就滅不掉的。人也是。景亦然。我唯一不知道的是，原來它竟是這般安靜——怵然驚心的安靜。

而我一直沒有忘記，一進孔廟大成門，兩側各置五面石鼓，一個緊挨著一個，相照對應。鼓上面刻的，一首首，都是遊獵古詩，只是那字跡，我認真地讀了又讀，終究還是讀不清楚。模糊了的字跡不說，主要還是那清朝乾隆年間，仿造先秦石鼓而製的文物，裡頭蘊藏了多少戰亂時局的暗潮洶湧，恐怕是我怎麼也琢磨不來的。

倒是孔廟裡的靜，靜得叫我歡喜。天藍雲白。日斜風輕。尤其那一大片紅牆，到現在我還記得，伸手按上去，觸掌盡是一脈冰涼。我尤其喜歡孔廟裡的樹，都挺拔，都溫厚，連那枝椏上一叢叢的綠，也綠得溫和謙恭，綠得泱泱大氣，想必都是平時聽多了夫子說書講道的緣故吧——

尤其那棵馳名的「觸奸柏」，還是那麼地蒼勁挺拔，還是那麼地神氣矍鑠。七百多年樹齡了。樹幹長出的那一顆樹瘤，奸相般的嘴臉，稍微讀過《史記》的都記得，當年狂風大作，這株古柏如何伸張大義地伸出枝杈，摘掉明代奸相的烏紗帽——這引人咋舌的故事，過程迷離，寓意深長，多少給柏樹增添了一定的傳奇。

想落怎麼不是？樹和人一樣，都有靈性，都應當修身，都務必養性。我喜歡樹。總覺得人身和樹身一樣，都是一本《金剛經》。既然放不下，就要拎得起：要有悲憫，但不悲情；要心中有愛，但不要心存罣礙。紅塵俗世，難免掙不脫依傍和牽掛，也難免避不開刀光劍影，可所有的暗箭明槍，到頭來又有啥了不起？人到臨終，除了善業與惡業，沒有什麼是可以隨身帶著走的。

因此我特別喜歡木心，喜歡他有一顆木頭刨乾淨過的心，喜歡重複他所說的，人世間所有的長途跋涉，都只不過是為了返璞歸真——只要什麼都放下，人就落得乾淨清明。

我想起另外一趟到北京。那時就快入冬，我突然興起，想到雍和宮進香祈福，於是一路前進，在宮裡和一個身形精瘦但目光炯亮的善男子打了個照面。他腳下踏著一雙看上去比他還疲累的布鞋，而天開始涼了，他卻穿得格外單薄，連外套也沒一件，並且最是讓人動容的，是他一臉堅毅不移的虔誠——

我和大伙一樣，誰都猜不上來，他到底打哪個省分哪個鄉縣，一路風塵顛簸，持著八千里路雲和月的信念，一路跪拜到京城的雍和宮？大家全都被他額頭上因不斷給佛菩薩磕頭而磕出好大一塊的硬包所震懾。但他由始至終，誰也不看一眼，一殿進一殿，一佛拜一佛，給每尊佛像下跪、叩頭、禮拜，而我特別留意到，他跪在大白傘蓋佛母的佛像前，頂禮膜拜的時間特別久，特別長——

隨後我走出正殿，立在大香爐左側，看見裊裊升空的香火，把北京原本帶點蕭肅的秋意，蒙上一層說不上來，但微微叫人心頭一暖的人間興味。而庭院裡的樹，都把腰身挺得直直的，只是那當兒分明還沒正式入冬，可枝椏上的葉子卻不知怎麼的都落得光禿禿的，禿得僅剩一身意味深長的慈悲蕭藹，彷彿看著我們一度飛遁而去的前世，今世又重蹈覆徹地飛奔而來——所有的輪迴，大抵是因為這一世還有一事沒完了，還有一人擱不下。

過往到北京，總千方百計，要到胡同走一圈。北京的朋友說，你下回再來，我帶你到菸袋胡同逛逛去。其實那些個名氣特響人潮特洶湧的胡同，我大抵都去過，也大抵都沒有特別喜歡過。比如從雍和宮沿著城牆根，一路走過去的五道營；還有被人潮擠得禁不住皺起眉頭的南鑼鼓巷，已經沒有辦法讓人聯想起，它曾經是北京最古老的街區，也尋不著它元代的里坊格局，以及明清的名人府邸，心裡難免就納悶起來，怎麼把胡同都變成商業步行街了？我不是不被名字和格調都頗有個性的小小咖啡座給吸引，也不是不想支持年輕朋友的創意手藝，可我常感覺自己彷彿掉進了不熟識的異境，走著走著，心裡就煩悶了；逛著逛著，腳步就急躁了，只想趕緊找個出口將自己從人潮裡拐出來——

不是這樣的。我想像中和我嚮往的胡同，不應該是這樣子的。我老覺得，短的是胡同，長的是歲月，胡同裡的故事，沒有一則是我不愛聽的。而我喜歡的胡同是安靜的，是緩慢的，是家常的。太陽斜斜地西照著，而我信步拐進一條窄窄的胡同，胡同裡的屋子，都灰灰矮矮，都老老舊舊，正曬著西下的斜陽。就算胡同裡的大娘看見我走進去，也懶得用眼神招呼我，隨手就把一盆水潑到路中央，那時因為天氣實在悶熱，待我往回走，那潑在地上的水，沒三兩下子就蒸發得不見了影跡。

而走進老舊的胡同，我自動把身上遊客的特性藏起，然後禮貌地探頭進去張望——看看老奶奶坐在敞開著的四合院子裡納鞋底，也看看幾位坐在藤椅子上搖著扇喝茶的老爺子有一句沒一句地，閒閒說起歲月如梭的過去。

這胡同深處的畫面啊，不需要回到當年的北平，今兒個還是有的，就只是稀罕了，不那麼常見了。而那一次我還記得，我還得盡量把身體往邊上移，把路讓給吆喝著氣喘咻咻踩進胡同底的人力車，然後抬起頭，恰巧看見一排排的燕子剪開黃昏的雲朵，也看見漫天的雲彩如何慢慢地變耍著妍麗，直至暮色一寸一寸地收緊，蟬又開始尖尖地叫個不停——

蟬叫了。盛夏蟬鳴。蟬還有個名字叫「知了」，我記起以前聽過一首老舊打油詩，知了喳喳叫，石板兩頭翹——那是古舊的，還有人穿著草鞋，在年久光滑，其實已不便於行的石板路上小心翼翼地來回奔走的老北京，而知了叫了，我心裡面的北京，於是又醒了。

青山一座萬緣休

我差一點被他的背影給絆倒——

太陽很凶很凶。凶得，像隻蹩著怒氣撞破柵欄的箭豬，誰見著了都最好避著點。

而他的背影在那麼凶猛的太陽底下，蒼涼而沉靜，看上去就像一張千百年前，被領了聖旨的官員草草糊在城門前的一紙舊通告：單薄，並且腐舊，彷彿隨時會被穿過午門的過堂風，一個不高興就給吹扯下來。

見到他的時候，我剛打天安門的方向往故宮前進，一邊經過被遊客們的鞋跟磨得鐙亮的一整片用青磚鋪成的廣場，一邊快步疾走，穿過端門的門洞，行經午門和金水橋，往太和殿的方向走去。

而他正巧背過身子，在午門的門洞前，手裡同時抓著掃帚、沙鏟和畚斗，認真地把掃進畚斗的沙塵和紙屑，輕輕倒進擱在過道邊上的黑色垃圾袋，並且溫和地把同樣的動作，重複了又重複；重複了再重複，絲毫沒有怠慢下來的意思——

在某程度上，我多少是個對背影特別敏感的人，尤其他微微往下駝的背脊，還有他轉過身來，臉上一直都掛著的，那一抹帶點淒惶又帶點恍惚的微笑，沒來由地嚙咬住我的全副心神。

我站在他背後，手裡抓著一瓶礦泉水，原本正準備旋開瓶蓋往嘴裡咕嚕咕嚕猛灌，卻不知怎麼的，突然就停了下來——我望著他，眼神像一枚釘子緊緊地釘在一片斑駁的舊牆上，恐怕需要費上好一番工夫才拔得出來。

我看見他穿著一件過膝的深藍色工作服，左臂環著一圈紅色的布條，上面明明寫著「治安巡察」，可是不知道為什麼，卻甘心低垂下頭，安份守己地幹著故宮「保潔員」的工作。

我多少有點懷疑，他會不會是文革時期，撐著從那一大片紅潮逃過來的人？我更加沒敢去猜測，他是不是也是經歷過人囚家破的歲月的其中一個人？我當然沒有本事單憑他的背影，就馬上可以像二維碼那樣，精準地掃描得出他背後沉潛下來的故事，可是透過他的背影，不知怎麼的，我突然強烈地感覺到「人世浮沉、各住自位、坐空身世、看破乾坤」的感概，把原本興致勃勃想好好遛一趟故宮的心情，頓時給打沉了下來。

我想起汪曾祺寫的一個小故事，講述一個在文革時期被批成右派的人，回來告訴家人，她被打成右派了——「臉上帶著的，是一種很奇怪的微笑」，而現在我在他的臉上，正是看到了這一抹微笑的複製和延伸。就算後來身分被平反了，文革過去了，可那一抹恍惚的淒惶的微笑還在，怎麼抹，都沒有辦法在臉上給抹過去，整個人看上去就像被狠狠插過一刀再把刀拔出來的皮球：虛了，癟了，塌了，無論如何都恢復不了之前的飽滿和跳躍。

人世渺渺，「何須待零落，然後始知空」。我只知道，他距離遠山含翠的日子遠了，生命交給他的功課，他大抵也完成得七七八八了，而他每天在故宮專注地打掃數千年來掃也掃不盡的沙塵和落葉，偶爾抬起頭，望一眼頭頂上的天，天色正藍，可到頭來咱們誰還不是一樣？青山一座萬緣休。我突然覺得，午門前的石頭坪場上，整個夏天的故宮都被烤得熱烘烘的，唯獨他站著的這一小塊地是冰涼的，透心刺骨的冰涼。而北京之夏，到處都聽得見搖滾歌手般的蟬鳴，簡直誰也不肯輸了給誰，都爭著把一整個滾燙的夏天，「知了知了」地喳喳叫著，那叫聲拖得好長好長，比一生一世，還要長，還要長。

扬州炒饭 20
嫩鸡菜泡饭 18
红烧大排
招牌牛肉炒面 26
咸肉菜饭 18
白切鸡拌面 26
葱油拌面 8
焖肉咸菜面 15
辣肉咸菜面 15
大排咸菜面 16
红烧狮子头面
嫩鸡煨面 18
罗汉上素面
青椒肉丝面 18
酱爆猪肝面 18
鱼香肉丝面
八宝辣酱面 20
大肠咸菜面 20
黑椒牛肉面 20
老法酱鸭面 22
红烧牛肉面 25
大肠猪肝双浇面 28
招牌牛蛙面 32
招牌牛蛙饭 32
红烧狮子头饭
罗汉上素饭
酱爆猪肝饭 18
鱼香肉丝饭
青椒肉丝饭 18
红烧猪手饭 20
八宝辣酱饭 20
黑椒牛肉饭 20
红烧大肠饭 20
老法酱鸭饭 22
红烧牛肉饭 25
口水鸡饭 26
白切鸡饭 26
小吃
奶黄包 8
虾饺皇 15
虾仁荠菜春卷 4
荠菜大馄饨 13
老上海炸猪排 13
酒酿圆子 18
八宝饭 15
上海炒面 15
蟹粉小笼
黑洋沙麻球
排骨年糕 16
肉丝炒年糕 15
肉丝汤年糕 16
芝麻汤圆 8
招牌飯
红烧牛肉飯
酱鸭飯
八宝辣酱飯
酱爆猪肝飯
黑椒牛肉飯
招牌小吃
牛肉炒面
萝卜丝酥饼
黑洋沙麻球
酒酿圆子
蟹粉小笼
荠菜虾仁春卷
老法炸猪排
老法炸猪排
招牌面
蟹粉黄鱼面
八宝辣酱面
黄鱼雪菜面
大肠猪肝双浇
罗汉上素面
红烧牛肉面

上海。

Shanghai

第七爐香

客途上海，天氣隱隱地涼了起來。

是秋天了。落在靜安寺的雨，彷彿怕驚動了誰，細得像絲、像線、像失散的密密麻麻的往事，還沒來得及墜到地面，就給折斷了去。

而「靜安寺」這名字，改得實在好。至少比唐代原名「永泰禪院」大氣，也豁然替這座始建於三國赤烏十年的江南古剎，添增了幾分雅致的氣韻。

該是多少年前的舊事了？僅記得，我在頸上繞了一條雲海綠的圍巾，從鄰近的飯店，第一次步行到靜安寺參訪，當天寺內正舉行「水陸法會」，香火裊繞，因緣實在殊勝，而信眾和僧侶的腳步，如水雲般不停地穿梭流轉——不知道為什麼，我總是覺得，僧侶行走時，那袈裟隨著出家人的腳步擺動，每一個動靜，都是一則蕩開來的開示，都是一頁漾開來的教義，並且匍在地上抬頭看，行走著的赤布袈裟，動的時候比靜的時候更慈悲，也更安靜。

因此我小心翼翼，踩著被前一晚的露水沁潤過的青石梯階，拾級登上大雄寶殿，然後對著法相莊嚴的佛陀問訊、三拜、長跪，企圖把散落於上海十里洋場的心性，在那一刻，慢慢地收回來。並且，在合攏的雙掌之間，虔誠祈願，但願歲月憨直，因緣平順，那些乘風破浪、驚濤拍岸的日子，終究不是我所嚮往的。

隨後立起身，退到東廂房的樓梯口，靠在精雕的樓宇，居高臨下地站著，一心把眼裡看見的風景，都存進另外劈開來的記憶檔案，甚至乾脆嵌進歲月與歲月之間，任何一處有空隙的地方，方便將來隨手一抽，就揚開祥瑞的吉光片羽。

我常常在想，一盆芍藥，或一株養在房間裡靠窗的玉蘭，再香，也頂多香個三五天，可有些記憶，有些在我們心裡探進頭來，殷殷地笑著張望的臉，我們一記，就可以記上好些年。風如是。景如是。在風景周圍發生過的事，也應當如是。

這或許解釋了我喜歡記下文字多過喜歡攝下景色，主要還是因為，我害怕記憶不忠實，會轉身溜走，也害怕故事不牢固，會出差錯，我太想把沒有辦法再複製的時光都給緊緊留住。就好像身邊好些喜歡照相的朋友，只要心念一動，馬上就按下快門，那是因為他們怕來不及把跳竄的、稍縱即逝的、可一不可再的畫面和故事，透過鏡頭，先捕抓再拷貝，然後長久地鎖在底片最隱祕之處。

就好像那一日。陽光和靜溫煦。我微笑著望過去，正好看見三三兩兩，穿著小棉襖的老太太，閒適地散坐在寺院的各個角落。她們銀白的頭髮，折射著歲月慈悲的憐憫和祝福。而她們或一臉專注地褶著禮佛的金紙元寶，或一派悠閑地細嚼著清淡的素菜米飯，那畫面的肌理與脈動，特別靜，特別暖，特別美。

然後轉過頭。剛巧望見一對年輕的情侶，正百折不撓地牽著手一起努力蹦跳著。他們希望可以把抓在手心的硬幣，擲上靜安寶塔的塔頂，因為他們聽說，只要硬幣落在塔頂不滾落下來，他們的旦旦信誓，就可以地久天長，不棄不離不消失，並且還可以把婚姻的牆，都砌得結結實實，讓他們在牆裡面踏踏實實，永久地依靠在一起。

又比如我一瞥眼，恰好望見某個年輕的僧侶，陶然一笑，從袈裟的內袋摸出一架手機，靈活地輸入一則短訊，然後歡喜地傳送出去。於是那則內容實在讓人好奇的訊息，立刻像長了翅膀的白鴿，啪啪地拍打著羽翼，翻山越嶺，飛向它應該飛去的地方，向塵世裡惦記他的那個人，通報他一切安好，毋須掛念。

而這一頁早秋的上海，我知道，很多以年後，如果從存檔的記憶裡將它抽出來，它就像一幅意態娟秀的集錦蒲扇，每一格都用淡彩，描繪出上海的閒逸和清麗。而我相信我也一定不會忘記，那一場拂在面上，比絲線還要纖柔的秋雨，還有那一份流竄在靜安寺內——歲月怎麼也偷不去的恬靜和安適。

倒是之後再到上海，我才知道，上海最美的，始終還是梧桐樹——法租界，武康路，彷彿風姿最曼妙的梧桐樹，都約好長到上海來了——每一根枝椏都是風華未盡，每一片樹葉都是傳奇待續。隨即天更涼了，我把圈在頸上的圍巾裹得更加緊實，然後穿過長滿梧桐樹的武漢路，彷彿就把長長的一整個秋季都穿過了。

有一次拐進1984咖啡書店，然後坐到後院，雙手捧著燙嘴的柚子茶，一口接一口地啜著，而上海入秋的黃昏，總是一聲不響，說掉就掉下來了，似乎才一眨眼，就眼睜睜地看著把上海的天色都給坐沉了。

推門離開之前，我隨手抽起架子上一本《今天》文學雜誌，編委顧問有韓少功有黃永玉還有馬悅然，碰巧那一期又是紀念顧城的特輯，而我其實一直都心疼顧城和他心愛的木耳，還有他鋪天蓋地的暴烈與溫柔，因此如果不讓自己把雜誌給買下來，恐怕我是怎麼都不會願意的——後來走出店外，走著走著，竟和同行的朋友走散了，人走散了，我立在慢慢亮起的街燈下，心底突然惦記起，如果張愛玲當時沒有離開，這上海，是不是可以因為張愛玲而燃起第七爐香？

到靜安區喝碗月光豆漿

最近一次到上海，碰巧上海開始下雪，穿著紅色制服的門童一邊勤快地在前頭推著行李箱子給我領路，一邊興高采烈地回過頭對我報告，下雪了呢上海，上海可不是每一年都下雪的，那氣溫說降就降，一降就降得雪也下起來了。我禮貌地笑了笑，想起的卻是另一句，「豐年好大雪，黃金如土金如鐵」，而上海曾經是處處風光，處處風月，處處風流的傳奇之都。

實際上，上海刺骨的冷我是領教過的。有那麼一年冬天，和朋友仨站在快將午夜的上海街頭攔出租車，冷得不得不一直在大街上來回蹦跳給自己驅寒，而那情景至今憶想起來，也不是不唏噓的。

反而上一趟遭遇的那場初雪，細得像撒在蛋糕上的糖霜，其實並沒有厚得可以把觸目所見的景物都鋪上一層白，倒是在我一心趕往臨近的「大壺春」吃一碗熱騰騰的薺菜生煎包的路上，那雪迎面撲將過來，戰戰兢兢，欲拒還迎，既嬌羞又含蓄，像個初初長成的少女，讓我禁不住心神一晃，想起周璇三十七歲那年拍戲中途舊病復發，被送進精神療養院，結果因腦炎在上海病逝，據說那一年的上海，雪下得特別特別凶——老上海都特別記得那一場雪。

而接連幾天，由於雨雪持續漫飛，頓時讓我成為一個無辜被捲入一座城市氣溫異常、反覆顛簸的旅人——說實在的，除了鑽進散落在同一條福州路，個性與志向頗為相異的幾家書店和咖啡館，以及回到相好的「老半齋」吃一碗熱氣騰騰，把鼻尖上的汗都冒出來的肴肉湯麵和千層油糕，實在沒有其他法子可以勉強把嚴重受挫的行程給略略扳回來。

直至臨離開那天，太陽才終於露上了臉，而上海，終於肯正眼看我一眼。可那天氣還是冷著的。街道上的上海人還是行色匆匆，還是誰也不願意主動去接待另外一個人的眼神。因此我在想，如果真要剽劫對一座城市溫柔的、善意的記憶，在上海其實並不容易，上海海納百川的寬宏與海派，早在笙歌繁華的民國初期已經消耗殆盡。今天的上海，架子雖然還是擺得挺大，卻不復當年梅蘭芳、周信芳、荀慧生和蓋叫天等京劇名角在九江路「天蟾舞台」粉墨登場時滿堂喝彩的滿目的狷介自傲與灼灼風流。

後來，就連張愛玲也離開了上海——上海的風月婀娜，上海的燈紅酒綠，於是也就漸次蕭瑟，慢慢式微下來。

作為一座城市，上海無疑經歷過「煉精化氣、煉氣還神、煉神還虛」好幾個境界，只可惜我見到它的時候，雖然外灘的排場依舊咄咄逼人，卻走到了「煉虛合道」的終極段數，總難免有一些些蒼涼。尤其那張牙舞爪的華麗背後，多的是浮誇，少的是當年十里洋場和綠林江湖的狂妄囂張和飛揚跋扈。

反而有一回秋意深濃的時候到上海，留下的印象倒是出奇美好。我記得當時就要離開上海，天氣美得不可思議，出租車呼呼地往浦東機場開去，師傅把車窗搖下，我半闔著眼，漸漸浮起了睡意，然後想起住在淮海路巷弄里新認識的一對上海朋友說的，春睏秋乏，終於明白了為什麼剛剛入秋的風，老是把人吹得懨懨的，光只想著散步到曾經的法租界找間小小的咖啡館，輕輕呷兩口上海的小資情調。

而那一趟的上海，其實並沒有刻意留下太多讓自己念念不忘的風景，有的，只是終必來來回回響的人情：比如豆漿店裡青春凶猛的小弟，就只不過前一天到店裡吃過一碗鹹豆漿炸油條，第二天再去就親暱地說「你來了」，並且還一邊數著銀角找錢一邊說，我們這地方太小，辛苦你們三位都擠到一塊兒了，彷彿我們在靜安區已經住上半輩子似的。還有虹口區音樂穀創意園被保留下來的老房子裡很老很老的老人，聽說我們想站在他家門口照個相，不但揮揮手歡喜地答應了，還顫巍巍地站起來，急忙把桌子上的報章和紙頁攏了攏，深怕雜亂的桌面被我們照進相片裡頭——而這才是我嚮往的老上海老人情。因此我坐在誤點的機艙裡，累得恍恍惚惚的還是重複告訴自己，等到秋天再深一點的時候，我還要回到上海，回到靜安區小店子裡捧著搪瓷小碗，碗裡的豆漿圓滿如一盆秋月，喝碗秋風般，漫漫青雲露月光的豆漿。

輯二

但惜流塵春深鎖

巴黎。

Paris

狡兔酒吧有座荷花塘

這陣子老想起亂七八糟的事。想起落了在慕尼黑某家飯店忘記帶走的一件白襯衫。想起從上海飛香港的夜機因為延誤，結果接駁不上一著陸就即刻得轉機飛回吉隆坡的最後一趟班機，結果必須在香港過一夜，然後隔天回到吉隆坡的同一個晚上再飛北京。想起童年時遭對手耍心計玩手段，傷心地追著那一隻被玻璃粗線割斷然後墜落下來夾著長長尾巴的彩色風箏。想起彷彿不過是最近的事呢，每個星期天下午都會在公寓裡頭安靜地熨燙襯衫，準備接下來一整個星期上班的時候輪流穿著，而且有時候認真起來，還會把每一條西褲的口袋都翻出來來回回地壓上一壓——可怎麼也沒想到，竟這樣反反覆覆被困了一年有餘。

咖啡還是喝的，但味道不講究了。寂寥還是有的，但不隨隨便便想念起誰了。有人隔離，有人離開，有人慢慢疏遠，有人來不及說再見就走。在這樣一個坐困愁城，人心惶惶的日子，陽光老了，蒲公英不飛了，鴿子不再喋喋不休地逗人說話了，就連樹，看上去也漸漸憔悴了——其實還有什麼話是值得張開嘴巴好好找一個自己在乎的人說？各人心裡，其實都懸掛著各人的憂愁。後來讀到經歷過戰爭的托爾斯泰說的：「所謂和平，不過是各人回復到種種最瑣碎的生活當中。」於是忍不住便嘆息起來，那些曾經不屑一顧的瑣瑣碎碎，現在回想起來竟是多麼地美好啊，因為可以穿上自己最洋洋自得的外套和襯衫，開半小時的車跨縣去吃一塊蛋糕；因為可以走路到附近的小公園去探一棵樹，然後把手按在樹身，讓它知道其實真的很高興可以親近它。我只是有點好奇，那時候怎麼就沒有人問一問托爾斯泰，如果在疫情蔓延之下決定愛上一個人，會不會太過倉促會不會有點投機會不會走不到月明星稀？

就快到巴黎的夏天了。從陽台上望出去，一整片的樹影，都綠得意興闌珊，綠得開始不耐煩。我想起曾經從吱吱作響的木樓梯走下來，蒙馬特的夏天其實還很遠，倒是橄欖樹上的枝葉，已經轟轟烈烈地油綠了起來。而那是個溫順的早晨。溫順得應該弓著身子睡在情人身邊遲遲不願醒來。於是放輕動作，試探著旋開通往後花園的木門，多少有點擔心這一聲「咿呀」，會不會驚動一隻正專心地低著頭清理藍色羽翎的長尾雀？

我其實都忘了那一座小小的畫廊是落在第幾區。畫畫的畫家剛好停下筆來靠在門邊歇息，把沾滿橄欖色油彩的一根好粗的畫筆斜斜插在上衣口袋，海藍色的眼睛安靜而憂鬱，正在給自己點上一根菸。而那一刻我怔怔地站在樹底下，巴黎突然就有了一種地老天荒的安靜，透過蒙馬特小博物館的後花園，像洪水一樣幽幽地漫過來。後來我推門走進畫廊別有洞天的後院，臉上同時掛著雀躍和猶豫——猶豫是因為不知道應不應該唐突地摔破這一份寧靜？而雀躍，雀躍是一眼望過去，被打理得極為秀氣的後花園，並沒有一把火燒開來的奼紫嫣紅，就只是一片蒼茫濃郁的綠，深深淺淺的綠，心事重重的綠，掩護著這一家曾經是畫家與旅客川流不息的舊時沙龍破敗之後另起爐灶改建而成的沒落宅院，看上去竟然有點像一座被教徒遺棄的教堂，紛紛擾擾都落盡，留下莊嚴的靜謐，並且百年之後，依然鎮壓不住它豔麗的荒涼和孤寂。

我記得，我循著鋪在草地上的鵝卵石，緩緩地繞著後花園走上好幾圈，我還記得，那天早上的雲層特別厚，而後花園的中間有一座小小的荷花塘，半吐的荷花，在微微透著涼意的早晨，嫵媚地斜著眼，彷彿池塘的存在，就只是為了蓄養一段接一段，衣衫襤褸的舊時綺夢，又或者只為了收留幾片疏落的殘荷，以便再聽一次當時年少春衫薄的雨聲連綿。我掩上木門，也同時掩上了當年的狡兔酒吧、黑貓夜總會和紅磨坊的頹廢糜爛與荒唐——而蒙馬特繁盛時期的風月餘韻，卻像不斷從枝頭上掉下來的葉子，怎麼掃，也永遠都掃不乾淨，並且我彷彿看見，一隻嘴裡似乎還含著一顆藏青色橄欖的老貓，弓著背，在塞納河的橋底下和蒙馬特的後花園之間，來來回回，蕩著心猿意馬的鞦韆——那時我年輕，那時，我對這個世界還有不捨得拋卻的閒情。

灰鴿，墓園，蒙馬特

也只有在巴黎——在巴黎，我可以一點也不介意，就像逛美術館那樣，興致勃勃，落落大方，在巴黎的墓園裡悠悠閒逛，彷如欣賞一場裝載著歷史的裝置藝術，並且周圍的花草和樹木，都被修剪得清爽整齊。而那實際的地理位置我現在恐怕已經記不準確了，只記得我向那管理墓園理著平頭個子比一般模特兒還要高挑的黑人青年問路，他穿著舊皮鞋，和一件園丁們愛穿的格子襯衫，而襯衫的領口大方地敞開著，露出精壯的胸膛，隨手往前一指，「穿過墓園一直走到盡頭，登上那唯一的梯階，你會看到一座鐵橋，鐵橋的另一端就是蒙馬特了。」

那時候已經是夏天。風日妍靜。陽光斜斜地射在墓碑的石板上，濺起一道光，明燦而和暖，帶著一種寧靜而飽滿的生命感，彷彿那些已然久逝的生命，也一樣享受著晴朗的陽光。而那一大片擁擠但恬靜、並且亂中有序的墓園，沒有詩人波特萊爾的雕像和墓碑，也沒有西蒙波娃與沙特同穴合葬的墳墓，更沒有巴爾扎克永遠不會再遷移的長眠之地，但裡頭草木碧青，濃蔭散布，覆滿青苔的墓碑石板，上面還纏繞著翠綠的常春藤，而且氣派雍容的老樹出奇的多，都倚老賣老地板著臉，彷彿等著路過的人半彎下身，摘下帽子向它們致敬——甚至至今偶爾還叫我心心念念的，其實是那一群停歇在墓碑頂端，咕咕地叫著、跳著、然後拍打著翅膀飛過來撲過去雀躍著的青灰色鴿子，我老是猜測，在牠們血紅色的眼睛裡，會不會一直晃動著牠們輪迴的記憶，而牠們之所以回來，完全是為了守護和探訪曾經「紅桃碧柳禊堂春」的牠自己？因此牠們每一隻看上去，身上都沾著文藝復興前被油墨潑刷的色韻，輕輕地在尾巴尖上蕩開來又收回去，緊緊鎖住一小截永恆的軌跡，不讓它虛散，也不讓它被沖淡。

於是我決定循著黑人青年給我指的路，穿過鐵橋，在纏綿的枝葉底下穿過，信步走到蒙馬特。當時橋上有風，一陣短一陣長，彷彿欲言又止，我站在橋中央，看見鐵橋在陽光下鋪展開來，彷彿是一幕被侯孝賢的長鏡頭拉開來的空景——但我知道，穿過鐵橋，莊嚴的聖心堂近了，熱鬧的小丘廣場也應該不遠了，而在鐵橋的尾端，恰巧有個長髮蓬鬆的年輕人，把藍白兩色的衣服穿得特別的神清氣爽，並且還順手將一頂巴拿馬帽子壓在頭上，眼睛微微地瞇了起來，頭則隨著音符的律動而輕輕搖擺，正在用手風琴拉一段如訴如泣的曲子，神情安然自若，隨著日影傾斜，他似乎把鐵橋邊上的小小空地闢成了一塊音樂廳，讓所有分明還在聒噪的蟬鳴聲中打盹的耳朵頓時都醒了過來，而我斜眼望過去，發現眼前的巴黎，比什麼時候都巴黎。

其實這樣子在煙火人間穿過的旅行才是我所愜意的。巴黎的美，美在日常，美在你可以撕下一角長條麵包塞進嘴裡，然後坐在公園最內側，手裡抓著一杯咖啡，看著如風一般清爽的金髮少年戴著貝雷帽，正嚴厲地訓練渾身雪白氣派猶如將軍的貴族大狼狗，來來回回撿噬他拋出去的皮球。

更何況，我從來就不是一個閱歷飽滿的旅人，在最平實的意義上，旅行於我，不過是換上一對舒適的鞋子，在一個近乎全然陌生的城市裡拐彎、停頓、步行、遇見；然後盡力撮合和另外一個平時總是貌合神離的自己碰撞在一起。偶爾我會想，在旅途上，我們記起了一些素昧平生的人，也被一些狹路相逢的人憶記，只是在彼此的心裡，誰和誰都只是一張沒有標籤甚至沒有國籍的臉孔，誰也沒有往誰的心裡去，而除了向海關出示護照以作核對之外，實際上我們並不需要一個特別響亮的名字和背景引導我們前進，也不需要太過喜出望外地期待被一段旅途中來歷不明的愛情附體。

正如我特別懷念在巴黎習慣性的迷路，因為我知道那些被我再三問路問回來的巴黎的巷弄，終將一輩子住進我的記憶裡，我也非常享受跟隨在巴黎迷路時的情節推進，甚至準備好了，隨時遇上各種沒有預先鋪排的可能，比如蒙馬特，比如瑪黑，比如左岸拉丁區，在美麗的名字底下，都有著令人迷惑的異地風情——特別是鄰近莎士比亞書店有座小公園，在風日正好的正午，適合坐下來打盹，適合把心事打開又闔上，也適合原諒人世間偶爾的不稱心不如意，盡量把日子過得像餐後甜點上那一圈立了起來旋得剛剛好的奶油，有一點點的自得其樂，也有一點點的自我嘲弄，然後端著一杯熱咖啡站起來，小心翼翼地朝無論格局或結局，其實都心裡有數的未來走去。

至於巴黎，我喜歡的巴黎，是有人伸長脖子，在拉丁區隔空向女伴乞討一朵被冰淇淋浸潤過的吻；是有人突然煞住滾動的單車，轉身對準牆上的塗鴉豎起一根中指。我喜歡巴黎，喜歡的是有人赤裸上身披一件火紅色的短斗篷，昂起跟男模一樣高深莫測的鼻子然後把手伸進路邊的垃圾桶，幸運的話，也許可以撿到半份沾著口紅的三文治充飢。我喜歡巴黎，喜歡的是巴黎永遠埋伏著愛情的槍林與彈雨，有人低頭微笑，有人快步疾走，有人故意斜著肩膀跟聽不懂法語的亞洲女郎說，我知道附近有家挺不錯的中國餐廳叫密斯特黃——而即便暮色即將四合，巴黎依舊會浮蕩起一層照人的寶光，儼然還是那個色如春曉，最初和最後的巴黎。

春色沒老，春光正好

我還是經常想念起巴黎——雖然巴黎給我的印象到今天還是碎的，脆的，並且隨時揮手一剪，就可以斷裂開來的。因此我老覺得，如果每一座城市都必須有性別之分，那巴黎怎麼都不會是高大而魁梧的男人——羅馬才是。巴黎的美麗是陰的，柔的，你站在街頭隨意轉過頭，巴黎都會像一場豔遇，暗香襲人，如約而至。因此有人問，巴黎為什麼這麼巴黎？通常得到的答案都擊不中真義：因為巴黎適合戀愛——隨時，隨地。但這是真的。不管你是不是準備好了，巴黎的每一條巷道，都適合發生槍林彈雨的愛情，並且最終，總有一顆不死心的子彈，同時穿過兩顆曲折迂迴的心。雖然在巴黎不斷走路的時候你就會明白過來，巴黎有太多小路，還有太多太多藏在小路背後的橫街和暗巷，要在其中一條小路恰巧遇上一個對的人，其實不是那麼容易。

何況巴黎是個畫面感那麼強烈的城市——好多年前的事了，恰巧人在巴黎，也恰巧正在前往艾未未攝影展的地鐵轉線站撞上一個穿著紅黃格紋西裝的俊帥黑人男子，手裡抓著一大束香檳色的玫瑰，整個人彷彿剛從時尚雜誌裡頭的時裝彩頁躍身而出，正敏捷地倒退著腳步，用力朝開過去的地鐵揮手，並且快樂地轉身往第三號線出口奔去之前，沒有忘記俏皮地對著艾未未的海報豎起中指——

原來大家都記得呢，這是艾未未獨特的向世界問好的方式。而任誰都看得出來，那個將自己的膚色和衣服的顏色撞擊出讓人尖叫著閃避不及但又忍不住多看幾眼的鮮亮黑人男子，顯然正雀躍地在滾燙的戀愛當中蹦跳著舞動著他的靈魂，可見巴黎，絕對是個對戀人過度縱容的城市。

但我更喜歡的，其實是巴黎的咖啡館，巴黎的博物館，總是修舊如舊，帶點倨傲的歷史感，同時也帶點年歲的距離感——就好像曾經在聖日耳曼大道抄小路，左拐右拐，在迷路中竟途徑卡爾曼街，我停下來，抬頭望著臨街四四方方的樓房，總覺得這住著不少東方臉孔的這一個街區，在藹藹的陽光底下，有一種樸素的文藝之美，後來才聽說，原來當年傅雷在巴黎深造的時候就住過這裡，或許也曾經在其中一個窗口的深夜裡倚在燈下，寫過他著名的家書。

是誰說過的？一生人至少要到巴黎三次。第一次是廿歲之前，當作送給自己膽大妄為的青春一份禮物。第二次是和難捨難分的愛人，兩個人難分難捨地，把愛情想像成巴黎，只有浪漫，沒有柴米。第三次則是千帆過盡，很多事和很多人都看穿之後，一個人回到巴黎，坐在巴黎的公園裡，你才會漸漸明白下來，為什麼海明威會說，如果你年輕時到過巴黎，那往後不管你到那裡，巴黎總會一生一世跟著你。

因此我在巴黎的時候偶爾也會帶著一根長棍麵包坐到公園，或者在公園入口處排隊買一份淋上榛子醬的香蕉可麗餅，然後在黃昏降落下來的時候，坐在公園的長凳子上，理直氣壯地無所事事，而那樣的巴黎時光，我是誰也不願意分享的。雖然麵包有點硬，咖啡有點苦——我像蜂鳥一樣，時不時把杯子湊近嘴邊，啜上一口。但風是那麼舒軟，有穿著及膝長靴的女子一面講著電話一面急步走過，豔倒還真是豔的，唇上塗的是銀色發亮的唇膏。而當然，好看的男人在巴黎簡直就好像土產，滿街滿巷都是，連喝得醉醺醺斜斜倒在公園一角的，都是。

於是我一個人安安靜靜地坐著，坐著等黃昏慢慢退散，坐著替養在心裡的一些過去的人和一些陳舊的事，澆一澆水，除一除草。而公園之外，可以聽見車流緩緩，公園之內卻出奇有點靜，有點空，有一些回憶慨慨地旋轉，明明想記起，卻又不明所以——因此人在巴黎，找座庭院或公園，站站，走走，坐坐，絕對是件正經的事，因為每一座巴黎的公園都是景點，都值得流連，都值得在晴暖的天氣，浪費春光。

其實這樣真好。春天開始在眉梢喧譁，塞納河畔吹來河水的腥氣，卻不影響河的秀麗，而對岸有座劈開半截臉面，顯得特別心事重重的雕像；也有按著眉心，正在專心讀書的男子，這樣就好，春光沒有太早，也沒有太老，這樣的巴黎，剛剛好。

龐畢度有把老胡琴

（恐怕你必須原諒，原諒我實在沒有辦法阻止自己不往他身上掛滿一個又一個的問號——）

還是巴黎。巴黎的龐畢度顯然是座包容度極其浩瀚的藝術靈山，所有未來即將成名的藝術家，總會一路顛簸，用盡不同的途徑來到這裡，然後各自散落在龐畢度斜坡廣場上，隨時準備被澎湃的靈感召喚。

我走出龐畢度被樹枝玻璃管包裹著的電梯，離開這座在巴黎的混亂和喧鬧中不斷咆哮著的建築。也不知道為什麼，人在巴黎，我老想起波特萊爾說的，「一個旁觀者，無論在任何地方出現，他都是化名的、微服出巡的王子。」而這話我是相信的，當然我不是王子，但每一次在旅途上，我唯一勝任愉快的，恰巧就是一個沉默寡言的旁觀者，用眼睛，替每一個迎面而來的人，迅速勾勒出他們背後的劇情。尤其巴黎到處都是走路的人——他們疾步行走，他們步隨心轉；他們笑語晏晏，他們憂心忡忡；而就算我從來都不是一個特別機靈的人，只要稍微花點心思，也就能像個地質學家分辨層岩一樣，將巴黎人按照神色和衣飾，猜測出他們的背景與出身。

而那一次，我越過龐畢度中心色彩斑斕的水管和樹脂玻璃管，看見他安靜地坐在一個不會被熱鬧潑濺到的角落，享受一小灘濃稠的寧靜。但他抱在胸前滿懷心事的胡琴，卻像個淩厲的光標，將我的目光，引領到他身上。我走過去，把友善的目光投向他的胡琴，我知道，那背後肯定有一長串我聽不懂的故事和旋律。然後才蹲下來，將鈔票塞進他米白色小背心的口袋——用一杯咖啡或一條麵包的錢，替這個城市總是行色匆匆的冷漠向他抱歉。誰不知道巴黎到處都是形形色色的街頭藝術家？他碰巧是極不顯眼的其中一個。不同的只是，他在路邊擺賣的不是才華，不是藝術，是一段逐漸被太陽烘乾了的滄桑，是一把偶爾拉上幾個音，卻明顯不再成曲調的胡琴，以及一本，你必須有足夠的時間停下來，才讀得下去的潦草的過去。

而陽光斜斜地照射下來，他看起來有點疲累，勉強把銀白色眉毛底下的眼皮提起來，望了我一眼，然後推擠在臉上的皺紋突然綻開，開成半凋的曇花，只輕輕一晃，又草草收攏回去，算是對我回覆了一個禮貌的微笑，然後繼續讓瞇成一條縫的眼睛，怔怔地投向天空——他年輕的時候應該是一個可以讓姑娘們甘心為他攀山越嶺的帥傢伙吧。那麼深邃的眼珠，那麼陡峭的鼻梁，還有那麼堅毅的嘴角，組合起來，就是一片氣魄峥嶸的草原——而我總算趕得及在他繼續把眼睛半闔起來之前，看清楚他眼珠子的顏色：像兩顆蒙上太多層灰塵的琥珀，每一層，都是一段千山萬水的歷練，都是一片他朝思暮想，卻逐漸枯乾下來的草原。

可他終究只是一個被繁華煙雲遺棄的老人，戴著一頂被歲月磨損的皮革軍帽，環境雖然窘迫，卻還是把外表打理得整齊乾淨，甚至堅持將脫下的棉襖鋪在梯階旁的水泥地上，才安心地坐下去。我在想，這一張乾癟的臉，隱隱透露出靈氣，如果把他背後的風景一幕一幕地洗滌乾淨：沒有野獸主義的龐畢度；沒有從高空望下來，這座巴黎鋒銳前衛的建築輪線；沒有不停穿過他身邊蹦跳著喧鬧著的活力少男；沒有水一樣湧過來又散開去的，時尚遊客和行人，我很相信，他抓在手裡的那把老胡琴也許會興致高昂地突然彈跳起來，自顧自地拉開一連串的音符，把時光，狠狠地拉回到他春衫單薄的少年，將他和他殘破不全的記憶，一齊帶回新疆或烏魯木齊或更偏更遠的望不見盡頭的草原——當時風很大，姑娘站在青翠的山崗上，用手把嘴巴圈起來大聲呼叫他的名字，而姑娘那一把被風吹亂的頭髮，多麼像一面不斷翻騰著的旗幡——那個時候，是，那個時候，他一直以為草原就是他終其一生的永遠和未來。

我仔細探究他抓在手裡的胡琴，琴身拭抹得油亮明淨，應該是一把頗有來頭的草原樂器，但琴弦已經鬆弛，很明顯不知道打什麼時候開始，就已經淪為一把道具——一把利用東方深不見底的神祕來謀取西方一份簡便三明治的道具。可他堅持坐在通往龐畢度中心廣場的梯階上，眼神疲憊而迷惘，有一下沒一下的，將握在手裡的琴弓來回拉送，奏出略顯有點刺耳的的音律。他除了偶爾半閉上眼睛養神，並沒有更換太多的姿勢。我很懷疑，會不會在某一個特定的時候，他雖然已經慢慢地記不起來如何讓琴弓調皮地在他的手腕上跳動，可還是突然很想拉一段比草原還要遼闊還要蒼翠的音符，紀念曾經不顧一切出走的他自己？

我從來不敢說我有多了解生命，我只敢說，人活到了一定的歲數，多少會摸清生命的脾性，會主動捻熄過分騷亂的主旋律，然後端端正正地，坐在和當年同一片的月色底下，讓月色替開始滄桑斑駁的面容，修顏補色。我也知道，當人潮慢慢疏落下來，他也應該要離開了，左手緊緊抓著他的胡琴，右手輕輕挽著他的回憶，讓巴黎的黃昏，把他和這個城市格格不入的影子，拉得特別、特別地長。而我轉過身，始終等不上他抱起胡琴認真地拉上兩句——真正訴說他的草原、他的姑娘，他的遺憾、他的過去，以及他渺渺晴煙芳草遠的那兩句。

絞斷輪迴的尾巴

他們不讓我觸摸你——他們，展覽廳的導陪們，紛紛轉過頭來，用鷹一樣尖銳的眼睛，嚴厲地把我微微顫抖著禁不住就要向你伸出去的手，緊緊地盯牢在牛仔褲袋裡。

他們一定不知道我認識你。我脫下大衣，還沒走進大堂，就已經隱隱聽到你壓低聲線的嘶鳴，那麼纏綿，那麼委屈，就好像當年你每次聽見我的腳步慢慢向你移近，你就會輕輕地蹬起兩條後腿，渴望我靠上前去，把臉貼在你的耳朵邊，和你耳鬢廝磨。

——然後我就見到了你。你微微地半俯下頭，徹底收復你曾經剛烈如火的脾性。你消瘦了。你馴良了。你安靜了。你不再是一度狂傲不羈，難以駕馭也難以馴服的你，於是我忍不住輕輕別過頭去——我看見你那硬生生被絞斷的尾巴，你遭遇過的，恐怕是一宗偵破不了的懸案，一段說不出口的冤屈。而在你的眼神裡，我隔著把你框架起來的玻璃，還是讀到了當中有著太多「一春魚雁無消息，千里關山勞夢魂」的悵惘。

爾今我就站在你的面前，站在已經是春末了，室內還開著暖氣的展覽廳裡，感覺到我的腳趾不自覺地慢慢朝內彎曲，彷彿腳板正抵在你溫厚舒軟的肚皮上，來來回回地梳刷著你琥珀色的毛髮替你取暖。但我應該怎麼樣才能夠讓他們相信，我早在兩百年前，早在因緣的風沙才剛剛開始捲起來的時候，就曾經把頭埋進你迎著刀片一樣凌厲的冷風憤怒地往後飛揚的鬃毛裡，踏遍風煙古道，在雪壓青氈的荒野上，朝夜色灼灼的帳篷奔去——

而之後，數度淒惶輪迴，數度在拋擲的春光裡徘徊，卻只能和你隔世錯肩，再也沒有機會貼近你。偶爾，我匆匆穿越重重的人群擠進冷冷的地鐵，忽然聞見有人的衣角飄散你帶著山野和草原調混的餘香，我禁不住轉過頭，我知道那是你，我確定那是你，我知道你想趁機告訴我，你其實多麼欣慰，原來我一直都沒有允許自己在歲月的餘光中忘記你。

只是，在你三番數次缺席的輪迴裡，我總是悵然若失，總是緊緊掐住你前世留下的蛛絲馬跡，企圖在人海中感應你，偵察你，辨識你，並且想像著，倘若這一世能夠和你相認，在各自步向來生之前，即便匆匆一敘，應該也就圓滿了我對你仿若飢鳥對於穀粒的渴望——並且我知道，光年磨損思念的軌跡，在逐漸疲乏逐漸衰頹下來的前世記憶，你的眉鋒你的顴骨你的耳垂，終究將在我的意識裡淡化、退減、消散，像一朵曇花，完全為著在我面前凋落，所以才盛開。

尤其你應當明白，完好無缺的日子，對於像我這般，已經開始走在生命的下坡路上的人來說，不過是一場布局，不過是一副圈套，漸漸就要揭開一層層發生過的事體背後，真正的因果與始末。遺憾來過，滄桑來過，生離和死別統統都來過，我又怎麼可能心無罣礙地向你展示我當年初初見你時楚楚的笑靨？開到荼蘼，花事終了，從此愈是美麗的，愈是迷離詭異。就好像那些擱在記憶的河床裡的情意，其實老早已經腐蝕成細沙成碎粉，所有的念念不忘，不過是求個明白，了個心結而已。

我只是不肯忘記，那時候我伏在你的背上，夜色深不可測，耳邊呼嘯的風發出嚴厲的警告，有些愛情，因為冒犯禁忌，到頭來空有過程，不會有收成，因此我在錯亂的盛世，在巴黎的美術館終於和你不期而遇，才是它最終最合理的結局。生何其脆弱，愛何其稀薄，人世間的相遇，宛如一聲滑落在荷葉上的嘆息，而我所有的焦灼，全是堵在咽喉百詞莫辨的承諾，像一朵驚慌失措的雲，在空蕩蕩的天空，搜尋被因果絞斷的尾巴——

如是因，如是果，我其實明白，無常之常，慈悲之悲，都是因果，都是循環，而生命最迂迴的迂迴，莫過於到頭來我們都是無能為力的時候居多，因此我也就學會了緘默，學會了不再向命運追究遺憾和憂傷的謎底，像樹皮在森林爆出一聲細微的撕裂，獨自圓滿生命的不圓滿，獨自逆轉運命的終究不可逆轉。

倫敦。

London

倫敦老樹的預言

總是有那麼一些城市，一踏出機場，你就知道那城市本身就是一場豔遇。但不是倫敦。我從來不會天真地把倫敦想像成西班牙。

倫敦的男人普遍上都太拘謹、太守禮，怎麼都不會五點鐘過後就扯開領帶在大街上西裝筆挺地大跳佛羅明哥：踢踏踢踏；踢踢踏踏踢踢踏——只有在西班牙，男人們才會被允許在適當與不適當的時候，讓他們引以自豪的雄性費洛蒙在人群中得到舞台式的釋放。

而倫敦，倫敦常常讓我想起的一句話，是博爾赫斯說的：「隱藏一片樹葉的最好地點是樹林。」倫敦適合隱藏自己。

做為整個西方文化程度最高的城市，倫敦的空氣裡老是有股說不上來的什麼，可以讓我放鬆，可以讓我自在，也可以讓我安之若素，更可以讓我的東方身分受到情理上應當的對待。我甚至可以隨心地率性地，在春天的時候，將自己安頓在倫敦的海德公園，任由公園內水漫金山寺也似的那一大片驚心動魄的綠給徹底吞沒，而我只需要安靜地呆坐，也只需要安靜地什麼也不做——

每一個人心裡其實都有他自己的一座倫敦，還好我借回來的倫敦，總是二話不說，體貼地將形單影隻的我，和歌舞昇平的人群適當地間隔開來。

而每一次到倫敦，倫敦都碰巧霏霏細雨，那些迎面而來的倫敦人，總是從容地鑽進細密的雨絲，散步的照常散步，趕路的繼續趕路，那雨根本叨擾不了他們，尤其雨中動不動就手忙腳亂地把雨傘撐開來的情景，基本上是極少的——倫敦不是巴黎。巴黎的優雅在於衣著上收放自如的品味；而倫敦的優雅，則在於老謀深算地應付氣候的從容淡定。

有一次住的地方靠近西敏寺，清晨從窗口望出去，紫色的天空美得悽愴而詭異，隨後為趕赴約，拉開門越到橋對面去，橋面風大，路人們都半彎著腰，嫻熟地按著頭頂上的帽子和來不及束緊的隨風躁動的風衣，臉上絲毫沒有多餘的表情，都專注在維持優雅和冷漠——

可不知道為什麼，落在我眼裡，倫敦最美的，始終是它足於誘發深度憂鬱的長年陰翳的天氣，我特別喜歡倫敦的太陽永遠都心不在焉，也永遠都看上去像個脾氣捉摸不定的老紳士，銜著菸斗，陰陰地沉著一張臉，透著一股不可一世的心機與傲氣。

隱約記得有那麼一回，從大英博物館出來，腦海還震撼著館裡陳列著的木乃伊和彌勒佛：到底是如何以東方的神性，對抗西方的魔性，然後在藝術上得到互相尊重的美學協調和視覺安寧？

然後走到毗鄰的小公園，覓了張長條鐵椅坐下來，這才恍然發現，倫敦僻靜的公園，很多都是古木參天，很多都是遠意茫茫。而我特別喜歡倫敦公園裡的老樹：老得夠氣派，老得夠深邃，也老得夠睿智。抬起頭望上去，多麼像個威武的將相，穩當當地盤著根，看盡百年皇室的風雲起伏。那些蒼鬱的慈祥的高齡老樹——恐怕都有一百餘歲了吧？我其實很想聽一聽，聽一聽那些溫文爾雅的老樹說一說它們經歷的前朝舊事，以及它們對未來斷定的預言。

只可惜真正可以和老樹親近的時間總是太短，每一次躡輕腳步稍微靠過去，發現每棵老樹其實都是一部長篇小說，故事上的年輪或許有點冗長，情節上的分布也難免枝葉太過豐盛，但每一節起承轉合，每一顆標點符號，完全沒有辜負過去百餘年來風霜雨露的恩澤，我恐怕需要花上一個很長很長的春夏，才讀得完一棵老樹很遠很遠的秋冬。

印象尤其深刻的是，有一次是專程飛過去，在初夏的肯辛頓皇家花園，坐在前排位置觀賞英倫時尚品牌Burberry的男裝預演。謝幕時，赤腳的黑人歌手邊彈著鋼琴，邊別過臉去，把那一句遲遲不肯終結的尾音，來來回回，敲了又敲，敲了又敲，最終才決定提起手拋出去，拋給一朵墨綠色剛巧蕩過的野雲——讓野雲把觀眾對音樂、對詩歌、對時尚的想像，一把捲進懷裡，頭也不回地向天邊飛奔而去。

而這場景和意境之美，不外是在告訴，現代時裝，滿滿都是詩性，設計師們都懂得把詩的靈氣和韻律，巧妙地縫進曲折的迂迴的線條裡，更把裁剪上的行雲流水，帶領著剪刀，去到它也想像不到的地方去。

我只記得，那一天肯辛頓皇家花園的陽光好得不得了，如風一般的男模，年少春衫薄，每個都清麗如盛開的夏花，著紅配綠，將波浪般的帽沿壓得低低的，在歌裡風裡陽光裡，悠悠然地走過來又走過去，而這其實已經不是一場時尚秀了，是倫敦趕在夏天燒開來之前，一場靈氣與詩意交匯的音樂祭，而我竟碰巧給趕上了，趕上一場倫敦的陽光一時興起，給春天準備的祭奠。

漫遊，是短暫的幻境

印象中幾次到倫敦，都是春天居多。要不就是初春，要不就是春末。春寒料峭，但到處都是綠的——倫敦的綠，終究和它灰撲撲的天氣不一樣，都綠得理直氣壯，綠得不遺餘力。

特別記得，有一趟穿過海德公園，公園裡的每一片綠，綠得既像水淹金山寺，驚心動魄；又綠得像剛剛發育完整的少年，對這世界還帶著一種水晶也似的真情摯意——而這綠的用意，分明就是世界愈吵，它愈怡然自得，並且長著長著，很快就長成一傘轟天綠蔭，要是我們碰巧因此而認識，那就可以一同在樹蔭底下坐著笑著風風雨雨著，只是隻字不提，你舉棋不定的承諾，和我遲遲不來的未來，因為所有人的少年，都是一晃而逝，都只有那麼一次。

而倫敦，你是明白的，實在是一個太容易被人們愛上的城市，除了天氣陰鬱了一些，除了紳士們的習氣過重了一些——所以我起初也不是不擔心的，擔心住著住著就不走了，也擔心住著住著，就月亮和五個便士，剩下的另一個便士，趁機滾進溝渠裡去了。

我記得我第一次到大英博物館，那如潮水般湧過來又退開去的遊客，多麼地澎湃磅礴，我退到一旁，禁不住倒抽一口氣——感覺像熱鬧的市集多過像肅穆的博物館呢。然後一個人怔怔地站在埃及失傳的石碑面前，當然也讀不懂石碑上雕刻的字跡，卻明白置身如此浩瀚宏偉、如此博大精深的博物館，每一眼的震撼，以及每一次的驚嘆，都足於將自己粉碎為最渺小的沙塵。世界真的太大太大，歷史實在好遠好遠，而我正被捲進一團旋渦當中，好幾次差點溺斃了自己。

另外一次，住的地方靠近諾丁丘，因為臨時換了間小旅館，隔天早晨，幾乎是被鴿子在喉間震動的咕咕聲吵醒，而且窗子太窄了，就只能推開那麼一小半，倒也瞥得見當日的風日意外美好——而誰說倫敦的陽光不會擠眉弄眼？才跟它對上一眼，就已經在催促拿不定主意的我，早餐應該在蘇活還是諾丁丘？雖然那語氣我聽得出來，其實沒有太大的不耐煩，就像個不玩弄情緒勒索但精於讀心術的英國紳士，臉上的表情總是水波不驚的。

而我在倫敦走路逛街，進出公園和博物館，總都是一個人。散落在倫敦城裡或市郊的朋友應該都有一些，但沒有特別要去叨擾或硬是要見上一面的，所以還是喜歡坐在廣場上，或站在熱鬧的街道上看人，都快把人看成一幅畫，最後連自己也鑽在畫裡面——

而倫敦的廣場比我想像中還要多哪。常常有人坐在廣場上，一坐就是流流長的一個下午，然後一臉哲學家也似的，陷入深深的思考，手裡抓著的那本書，其實一直都沒有翻到下一頁去。

我尤其喜歡在倫敦走路的時候，留意那些往來奔走的路人，以及興致高昂比手畫腳的遊客，他們塞進口袋裡隨時可以掏出來的故事，對我來說總是有趣的。我告訴過你嗎？我對人過度地好奇，很多時候是在旅途上培養起來的，我很想知道，他們背後背著的城市，以及被他們惦念著的那一個人，會不會其中一個其實是我曾經認識的？

也許因為真實的世界裡和我真正關係密切的人只有寥寥那幾個，所以這些看似不相關的人，他們的故事其實才在某種程度上，豐富了我經常推進微波爐裡小火烤熟的句子——人啊，總會在盯著一個全然陌生的人的時候，禁不住就猜想，他的人生，會不會和自我們自己一樣，總是煩惱的時候多，安樂的時候少？而且是不是，總是要的得不到，不要的甩不掉？

至於倫敦，我看見的倫敦未必是你熟悉的鐵橋就快塌下來的那一個，但我很相信，倫敦是個適合讓故事以不同的姿勢推展開來的城市。我第一次看見接近紫色的天空是在倫敦。第一次看見一大群人裸身露體，浩浩蕩蕩地騎著自行車遊行也是在倫敦。第一次摸上Vivienne Westwood 西木娘娘的SEX時裝專賣店更是在倫敦。還有，嗯還有，第一次上陌生人的公寓吃餅乾和下午茶，也是在倫敦——離開的時候，對方還把一條剛烘好的的胖嘟嘟的黑芝麻麵包和藍莓果醬交給我，然後重複交代，記得，配紅茶，不是咖啡，不是咖啡。

另外一次，是裝備整齊，拿著準備好的地圖，把自己的身分轉換成一個都市漫遊者，參加愛馬仕在倫敦展開的奇幻漫步之旅，並且一路走一路搜尋品牌沿途埋藏的字條密碼，也一路走一路體驗品牌細心安排的非凡奇遇，包括走過披頭四當年一字排開，一個接一個一齊橫過艾比路錄音室外的那條斑馬線；也包括站在屋外眺望，據說當年占士邦居住過的房子，並且有點好奇，占士邦會不會突然赤裸著上身在陽台上曬太陽呢你說——

漫步，是在一座城市裡自在地輕遊慢走，有時候並非純粹為著消磨時間，更重要的意義在於，慢慢體悟一座城市的現在，重溫一座城市的過去。城市和人一樣，總也有著不為人知的際遇，真正深入的城市漫遊，看似漫不經心，其實也暗藏心機，是一種重拾老好時光的布局和勾引，隨時準備捕抓稍縱即逝，日後可以用來供養回憶的元素——旅行的目的，不正是摔掉機械性的重復，給自己製造短暫的幻境和奇遇？難道你不是？

威尼斯。

Venezia

星月菩提

其實我真正想念的，是離開之前再一次把視線投向他的那一組鏡頭：

小路上行人稀落，有風，但靜。不遠處的長凳子上，有個裹著頭巾的羅馬尼亞年輕少婦正憋著眉頭，專心地憂傷著她的憂傷，然後他的琴聲斷斷續續，向我湧過來，湧過來，湧過來——

我站在街的最尾端，像告辭一段影片最後的倒放那樣，明明這麼近，偏偏那麼遠，焦急地向他傳遞我心裡那一團霎時之間沒來得及整理妥當的悸動——我知道，我將有好一段日子不會再回到威尼斯來。

而一開始，琴只是端正地擱在一棵娟秀的老樹底下，那樹好瘦，好憔悴，好惆悵，我經過的時候瞥上了一眼，還禁不住想，如果一把老舊得連琴面上的光漆都剝落，任由琴身幾乎光禿禿地裸露出來的小提琴的臉上還有表情，那麼除了黯然和神傷，應該也就不會再有其他。

就快春天了。但威尼斯的樹可能太習慣於壓抑，遲遲克制著不肯讓樹葉太過輕佻地冒長出來。我雖然看見了琴，也看見打開來的琴盒上，零零落落地撒著幾枚硬幣，卻一直沒有見到拉琴的人，一直到幾乎走到了聖安哲羅街巷的盡頭，才隱隱聽到婉約而蒼涼、但卻老練又堅定的琴聲——

對於音符，我老是羞愧我的敏感度怎麼厚得像一堵牆？可當那琴聲鑽進耳朵的時候，我並沒有魯莽地馬上扭轉頭，我只是停了下來，要自己記得，在那一刻輕輕壓在頭頂上的陽光，原來出奇地充沛，原來出奇地晴朗——我於是決定讓自己安靜地站著，保持一個旅人好奇但謙卑的姿勢，讓那一段像水一樣流過來的琴聲，冰冷地將自己圍困，然後慢慢地，慢慢地，將自己凝成一座被歲月凍結，並鎖上了粗鏈的亭子。

拉琴的其實是一個很登樣的老紳士。我喜歡他身上穿著的剪裁得體的深藍色西裝外套，和那一件看起來十分溫暖的藏青色絨質長褲。雖然，他臉上的神情多少還是流瀉出掩蓋不住的肅穆和落寞，但每一條墾殖在他臉部的皺紋，卻一點也不扭捏，坦誠地陳述他浪蕩過的甜酒繁花，他經歷過的陰晴歲月，因此他遠遠看上去，就好像佇候在那裡很久很久了，久得宛如百年的星月菩提，浸潤過的每一層歲月，益發令他色澤溫厚，氣定神閒。

偶爾吧，也有清晨趕路的島民穿過他的琴聲，行色匆匆地走過，誰都沒有撥出一分半秒的停駐，誰也都沒有把多出來的零錢投擲在他張開來等待一兩枚硬幣、一杯熱咖啡或一客捆捲起來並塞滿醃茄子火腿和芝士——他們叫作Arrotolata麵包的琴盒上，但他照舊把下巴悠然地抵在漩渦狀的琴頭上，渺目煙視，以便確定每一節音色都將流竄到它們渴望去的，值得去流浪的地方，其他的，其實都是次要的。

而生命之美，不就往往美在連綿的遺憾和三番的嘲弄嗎？一個在街頭拉小提琴賣藝的老紳士，和一個在巷口賣蔥油餅的歐巴桑，在順應運途和體驗生命的本質上，本來就不應該有任何的差異和抵觸。

何況對於他，我喜歡給自己設定這樣一個假設，或許隔了個把時辰吧，當過度躁狂的陽光，不留情面，把最後一節深邃如海洋的琴音也給蒸發掉的時候，他興許就會俯下身子，把琴盒輕輕闔上，然後抬起頭，朝著陽光微微瞇起眼，提起那一把其實真值得為它寫一本小小傳記的小提琴，穿過狹窄的巷弄，越過弓曲的橋階，到島上那家面向碼頭，當年海明威最愛鑽進去喝兩杯的Harry's Bar，灌上一杯辛辣的餐前酒也說不定？

然後明天之後的許許多多個明天，如果有一天，我還會回到威尼斯來，在同一棵形容枯槁的老樹底下，他會不會照舊穿戴整齊，照舊把頭溫柔地支在和他一同慢慢老去的小提琴，日光搖影，輕輕地用旋律和音節，慢慢送走他剩餘的時光，然後心平氣和，等待安靜地隱入一座逐漸沉沒的海島？而我相信他會記得，他最後一眼看到的將會是，原來威尼斯海水的湛藍，比天空的湛藍還要湛藍。

巷子裡的迷宮魅影

威尼斯的巷子都醒得早——

而那早，是河道上一片寂靜，那些風流倜儻的船夫們都還沒醒過來，也還沒換上一律藍白條紋的長袖恤衫站在貢多拉上唱情歌的早。

因此我特別記得那晨早。也特別記得威尼斯被穿過巷子的腳步聲吵醒時，那一臉睡眼惺忪的清早。我湊巧穿過一排頭頂上的窗戶都拉上一根粗繩子把衣服晾曬出去的民宅，忽然就聽到一把淒愴的歌聲，水一般地，不知從哪裡潺潺地流淌過來——

循著歌聲，我慢慢地，趨近一間門戶半開的民宅，把臉貼近只鑲著半片玻璃的老木門往內張望，發現室內的音樂扭得正響，聲線渾厚的義大利歌劇女伶，如泣如訴，娓娓地企圖透過她滄桑的歌聲，詠嘆出比生命還要迂迴，還要蒼涼的故事——但我怎麼也猜不著，這原來是一間畫室，一間隱蔽於平民住宅的畫室。

我先是愣了一下，還好年屆古稀的老畫家應該是看到在窗前閃過的身影，及時應聲而出，微微在嘴邊蕩開一抹友善的微笑，眉宇雖透露著疲累的風霜，但一臉清貴，整個人散發出猶如沉潛在陳年油畫底下，飽滿而溫潤的底色，絲毫不介意被突如其來的冒昧和莽撞，打翻一個潔白如一杯新鮮牛奶的早晨，並且用英語問了一句，「Tourist？」即時化解了我的唐突和尷尬，同時也一眼看穿，我斷然不會是登門買畫的藝術中介，卻還是把門拉開，用眼神邀請，歡迎我參觀他的畫室——

而這時候，真巧，教堂的鐘聲正好敲響，剛好來得及把這個場景敲進我的記憶裡，並且聽起來，我猜那教堂應該離得不遠，拐上一兩條小巷就走得到，因為威尼斯的小巷，長長短短，長的是驚喜，短的是餘韻。

後來我才意識到，打從第一個照面我就完完全全被老畫家灰綠色的眼珠緊緊吸引：看上去多麼像一對漸漸失去光彩，並且慢慢退化、慢慢老去、慢慢溫柔起來的狼的眼睛。雖然不再清澈如昔，可是依然在眼神的流轉之間，悄悄施展出尖銳的穿透力，彷彿隨時可以招魂，也彷彿隨時可以通靈。

我更驚異地發現，老畫家即便只是在畫室作畫，身上赫然穿著一件七成新的Missoni孔雀藍針織開襟毛衣，並且還仔細地在脖子上繞上一圈質地柔軟的海藍色圍巾，完全體現出義大利男人對生活所堅持的儀式感，無論到了什麼樣的年齡，他們對外形所具備的警惕性，比起其他地方的男人無疑要高出許多。

而一個紳士，我很相信，無論你把他丟在哪一座荒島，他只要伸手抹一把臉，並且把頭髮和鬍鬚隨意捋一捋，然後再挺一挺腰板，就有辦法讓他自己回復為一個體面的紳士，那完全是因為氣度，因為歷練，也因為修養。

倒是老畫家的畫室，比我想像中雜亂得多：亂在一屋子喧鬧的濃豔色彩，也亂在滿堂滿室游竄的創意和奇想。而我必須坦白，我並不特別喜歡、也並不特別不喜歡老畫家的畫，雖然他掛在畫架上大大小小的作品，每一張的顏色都異常悍豔，每一筆的線條也都異常凶猛，但感覺上和馬蒂斯的風格太過接近——

不同的只是，馬蒂斯的畫總會透過線條散發一種張牙虎爪的生命力，而老畫家的畫，顯然溫和許多，也嫻靜許多，並且每一張在室內光影幽黃的燈光照射之下，似乎都隱隱折射出鋒利的閱歷，不見鏽蝕，不覺滄桑，映照出他深不可測的修養和氣度。只是，真正讓我動容的，我知道，不是筆色橫恣的畫，而是老畫家對生命的熱忱，對創作的凝練，以及對年老的從容，都是讓人肅然起敬的尊嚴。

離開的時候，老畫家帶著笑輕輕把門掩上，屋外的陽光，金黃如蜜，而歌劇女伶哀戚的歌聲趁機奪門而出，輕車熟路地溢出巷口，在冷颼颼的風裡流竄，像一頁寫了一半的遺書，忽高忽低，在威尼斯鋪滿石板路的橋墩和巷弄之間飄飛。

我立在門外，沒有即時離開的意思，很想豎起耳朵把那歌曲再仔細地聽上一遍，卻發現老畫家已經坐在躺椅上，半閉起眼睛，任由蕭蕭的心緒，消融在女伶的歌聲當中，也讓回憶像沙漏裡漏出來的沙，細細鋪滿他曲曲折折的人生——

於是我把腳步提起，小心翼翼，打算循著原路走回陰冷的街心，一路上不斷提醒自己，遊客充其量也只是阿城所說的，「威尼斯的臨時演員」，並沒有權利去驚擾老畫家那一截還懸掛在半空，遲遲不肯落下來，然後被揭開的人生結局，任它在威尼斯迷宮一樣深邃的巷子當中，被風劈劈啪啪，吹得烈烈作響。

一千個小王子

他像個小小的外交官，切切地惦記著一件事：永遠讓大腦的運轉跑在嘴巴的前頭。於是他很認真地微微蹙著眉，想了又想，想了又想，最終答應了下來，「好的先生，我試試」，這才伸出兩隻手，慎重其事地接過我手上的相機。

當然他最終還是把照片給拍壞了——嚴重背光，主角的臉孔一片晦暗，倒是背後，那一座威尼斯的海，藍得像末日，彷彿隨時準備把整個世界給吞沒。

而他把相機交還給我的時候，臉上一副憂心忡忡的樣子，就好像貪玩的小學生沒有認真地把假期作業做好，膽怯地絞著雙手被老師點名站起身，等待老師嚴厲地橫過一眼丟下一句：「你最好乖乖地給我重新再做。」

但他怎麼知道當時我是多麼用力才讓自己克制下來不走上前去給他一個可能有點唐突的擁抱——然後我聽見他的小同學轉過頭來召喚，卡比爾卡比爾，並且向他打個顏色，我們要走了，要走了，催他跟著隊伍移到另外一間展覽室去。我趕緊抬起頭，朝他綻開一朵大大的笑容，並且像所有拙於表達情感的東方人，就只懂得不斷地豎起幼稚的大拇指，稱讚他把照片拍得很好，我打從心眼裡很喜歡很喜歡很喜歡——他側過頭，害羞地笑了一笑，隨即跟著領隊的老師，像一個內向的小王子，溫馴地回到屬於他的星球去了。

我甚至不怎麼確定，他的名字到底是卡比爾還是科比？我只是知道，他穿著一件考究的棗紅色風衣，臉上掛著一副常常不由自主跌入思考的圈套的表情，而麥色的濃眉底下，則藏著一雙比水草還要嫩綠的眼睛。而且正如歐洲每個城市的小朋友一樣，我十分相信，他應該自小就熟悉如何在博物館和藝術廳自由地來回奔跑和跳躍，所以在威尼斯Dorsoduro巷704號，美國富家女Peggy Guggenheim建在運河的私人收藏館上，我留意到他頑皮地踮起腳尖，然後站在兩幅畫之間，來回有規律地擺動他略長的頭顱，彷彿看明白了什麼，又彷彿正猜疑著什麼，而藝術的根源，恐怕已經如期在他身上纍纍地結出了一些些什麼。

至於他替我拍的那張照片，我到現在還很仔細地存在我另外闢開的一個特別鍾意的夾子裡，也就唯獨這一次，照片裡邊記錄的，不是打從一座又一座的城市匆匆掠過的記憶，而是一個親愛但陌生的小孩，在認真地按下快門之前，一同被攝錄下來的，沒有辦法被複製的心意。而我真的有點想念他，就好像想念有一年我在香港從尖東搭地鐵到金鐘的太古廣場，和許許多多的人擦肩交錯，趕在展覽結束之前去見一見靦腆的小王子。

而這些記憶，常常，還是會突如其來地竄升起來，像一圈光束，不特別擾人，但你知道它一直都在那裡。尤其是那些有你喜歡的人在裡頭住下來的記憶，在暮色慢慢四合的黃昏裡偶爾飄過，你總會很自然地想伸出手去抓，結果反應慢了一些接不著，它就哐噹一聲摔到地下，砸開一天一地的光，於是那些你私自給自己儲藏起來的美好記憶，就錚錚亮亮地濺射開來。

我尤其記得，他隨著小同學們團團圍著帶團的老師坐到了陽光燦爛的庭院，聽老師提高聲音在說故事，說 Peggy Guggenheim 最終決定把她的骨灰葬在這裡，並且周遭擺設著的幾乎都是她廿世紀的藝術收藏——當時我從展覽室的另一端走出來正打算離開，抬了一下頭，發現橄欖樹上的枝葉，已經轟轟烈烈地搶先綠了起來，而我站在白色的門廊停下腳步刻意回頭望，他身邊的小同學們依然不停地聒噪著，我半舉起手，朝他輕輕地揮了揮，我看見他害羞地垂下眼，禮貌地笑了一笑，之後就一直一直不肯再抬起頭來了——而我至今沒有忘記，那真是個溫順的早晨，溫順得讓我日後經常憶記起卡比爾，一千個人有一千個小王子，但我遇見並給我送過玫瑰的，就只有他一個。

輯三

湖柳共色山雲憂

蘇黎世。

Zürich

此生多寒涼

從蘇黎世到巴塞爾再到納沙泰爾，沿途都是雨，細細密密，纏纏綿綿——而我站在月台上等八時十四分的火車。風鋒利得像把刀子，企圖從胸膛穿過，然後不留情面地捅破一窩又一窩，盡是那些平時被收藏得妥妥貼貼的心事。

我望了一眼掛在大廳的列車時間表，然後轉過頭，正巧看見對面月台上有個化了煙燻妝的豔女，穿著一件比午夜藍還要藍的冷峻風衣，她朝我瞥了一眼，眼角濺開微微的善意，隨即優雅地背過身子，給自己點上一根細長的香菸，打算驅散早春的寒意——而我隔著一條空曠的軌道望過去，她的背影實在好看，好看得像一部活色生香的短篇小說，已經剪開一個嫵媚的開頭，就只差一個利落的收尾而已。

至於我，起飛前我已經告訴伙伴們，我先降落蘇黎世，然後隔天搭一程火車到巴塞爾和大伙會合，那飯店我認得的，就在會展的電車站附近，拖著行李往前走一小段路就是了——他們聽了馬上起鬨，怎麼又住蘇黎世，趕火車不累嗎？

但我總是笑，從來不肯正面回答。我其實沒有說出口的是，我喜歡的是蘇黎世的怡然和恬靜，還有蘇黎世的冰冷和疏離。巴塞爾不是不好，就是每年開展的時候太熱鬧了一些——

正如那一年我剛抵步，雪剛巧就停了，可蘇黎世還是冷，還是在零度上下徘徊。年輕的司機有一雙琥珀色的眼珠，從機場開往市中心的飯店途中，一邊輕輕搖擺著身體聽著電台播的饒舌歌曲，一邊扭轉頭說，你瞧那雪，三天前下的，到現在都還沒完全融化。

我打車窗望出去，的確，光禿禿的樹枝和靜懨懨的屋頂上，還覆蓋著一層懶洋洋的白雪，遲遲都不肯消融——今年的蘇黎世，恐怕是鐵了心的冷。但這麼深邃的冷，其實我是歡喜的，並且一廂情願，把它當作是我與蘇黎世彼此記認的一種約定，也總竊竊自喜，視之為蘇黎世暗地裡給我擁抱的一種方式。

於是我隱約記起朴樹的一首歌，他不是這樣子唱嗎，「此生多寒涼，此身越重洋」——我轉過身，離開火車站，辦好了一連串的行程和票務，越過對街，沿著Bahnhofstrasse，那條全歐洲最長的商業街，很自然往蘇黎世湖畔走去。我記得當天的湖面光滑如鏡，只是我散步的節奏，開始有點生疏了。不知道為什麼，那一年湖畔的陽光，意外地明媚，明媚得三番幾次擾亂我散步的步驟，並且在來來回回邁開的步伐之間，總是出其不意，閃現好一些在某一段人生場景曾經緊密相依，到頭來卻漸漸在人世風塵中，將彼此徹底遺忘的清白臉孔。然後漸漸地，彼此也就天各一方，漸漸地，誰也記不起和誰曾經相識一場，反而是歲月，教會了我們如何鐵石心腸。

至於蘇黎世，我跟這城市其實並沒有任何情感上的血緣關係。我記得那幾年住的飯店，對街就是電車站，然後從電車上跨步而下，就是蘇黎世大學樹蔭濃郁的斜坡入口，而每天清晨五點鐘，就開始聽見電車叮叮叮地把清晨敲響，然後壓低聲線，轟隆隆輾過安靜的蘇黎世。我有時候站在露台邊望出去，往返的電車既陌生又熟悉，不斷在提醒，我畢竟是一年飛過來一次的路過之客，總是趕在夏天正式降臨，並且陽光開始充沛之前就必須離開，回到我生活的長年都是夏的地方。

因此我特別喜歡濕答答的，下了一整天雨的蘇黎世。有一次我一時大意，把借來的傘忘了在火車站的麵包鋪子，於是急急忙忙倒回去——啊是，替你收起來了，漂亮的店員雖然在忙，可還是笑臉盈盈地鑽進廚房把傘交回給我。我說謝謝妳呀依蓮娜，她聽了吃驚地低叫，啊不，你怎會知道我的名字？我們之前見過面嗎？不是的，我只是碰巧聽見你的同事剛剛在叫妳的名字。她開心地笑了又笑，綠色的眼珠子因此更翠綠了。

回到飯店，我藉故抱怨今天天氣真壞哪，即刻，那戴著厚框眼鏡像個化學講師的飯店經理就跳起來袒護，不是的，不是的，你來之前，這裡的天氣美得不像話。我笑著說別擔心，下著雨的蘇黎世也挺好的，我很喜歡，就是路有點滑，撲過來的風，都帶刺。

前後八年了。我總是在花還沒開齊之前來到蘇黎世，除了最後兩年換了飯店，一直都住在這裡，每天越過馬路搭7、10、14號的電車到上城，步行五分鐘趕到火車總站，我尤其念念不忘火車站裡頭有家名字叫「藍莓」的咖啡館，每天都推出熱烘烘的帶點鹹味的乳酪彎月羊角麵包。

我還記得有一次，隔兩天我就要離開了，傍晚出門，到同一家coop百貨市場買新鮮的水果和漂亮的松子餅乾，努力過著和當地人一樣細碎如餅屑的生活，然後一個氣急敗壞的老先生突然把灰色智能小車停在我面前，搖下車窗，用一連串劈里啪啦的德語向我問路，我愛莫能助地攤開雙手，抱歉地用英語告訴他我是這城市的新人哪，恐怕幫不上忙，要不你到前面的餐館問問吧，他聽了，馬上壞脾氣地把車子掉轉頭就走了，留下我一個人站在原地，提著兩袋食物，啞然失笑。

總是這樣的。才稍微摸清楚這城市的脾性，才調校好和當地人交換友善眼神的角度，就又得把行李箱鎖上，準備離開了。再見蘇黎世，再見我落腳的名叫Milchbuck的社區。過幾天就是復活節了，飯店已經興致勃勃地彩蛋都布置好了，而我卻又要告別了。很多時候，我們其實都心裡有數，有些脫口而出的再見，極大可能就是搶先預言了——從今往後，應該都不會再相見。

所以你還懊惱什麼呢？

結果我和你一樣，開始懊惱了起來。懊惱著我其實應該和你一起照張相的。就一張。一張就好。但如果要我表現得像那些總是興致過度高昂的遊客，無論看見什麼，第一個反射性動作就是舉起相機或手機，然後攝入鏡頭裡邊的畫面很多都是為了向群眾炫耀而不是為了給自己的哀樂做記錄，這到底不是我所樂意的——

而我特別懊惱沒有和你一起拍張照片，是因為我隱隱約約覺得我們可能不會再見面了。並且我開始憂慮，這地球的未來愈來愈陰暗愈來愈潮濕愈來愈滑溜，將來有一天，當我在人世間的路途上又差點摔上一跤的時候，我希望可以隨手抓住的胳膊是你——印象中的你，臆想中的你，不存在的你。

不知道爲什麼，我一直覺得我對你熟悉。就像熟悉書寫的語法，熟悉詞句的差遣，熟悉段落的鋪陳。我甚至懷疑我在你的生命裡曾經有過一席之地，只是我們都沒有認真去看待而已。

但你終究還是不肯對我笑。眉頭鎖得緊緊的。甚至半垂著頭，把兩隻手都藏進了褲袋裡，很明顯想把所有人都推出你的世界以外。而你其實在懊惱著什麼呢？一部遲遲要不到手的單車？還是一個原本盤算著要使盡力氣去玩去瘋去鬧的夏令營突然沒來由地被取消？

而我那一陣子就住在你對過的飯店。每天清晨，都會準時搓著手圈上圍巾，一個人坐在候車亭上，準備搭電車到總站，然後跳上七點三十分開往巴塞爾的火車。因此我們並不陌生。常常我經過你的面前，如果不趕時間，我偶爾會停下腳步，打量你，親近你，關切你，甚至在心裡和你寒暄幾句。而你始終不發一言。在蘇黎世明晃晃的春日，鼓著腮幫子，自己發自己的脾氣，自己和自己過不去，當然更不去瞅睬一個匆匆和你擦肩而過卻頻頻回頭看你的東方旅人。我琢磨你心裡在想著的是，還沒等得及天氣完全回暖我就要飛回我那雜亂的紛紛擾擾的炎熱的國度裡去，又怎麼可能會對你的心事認真地望聞問切呢？

但我其實真心喜歡著你。就好像我一直比較喜歡普遍上不被大人們喜歡，有點心事但又逞強著不肯隨便對誰透露的孩子。你讓我想起很久很久以前年紀還很小的我自己。朋友不多。手足因為年齡的差距，也不算特別親近。因此總是遠遠地躲進黃昏還沒有落盡的稻禾瘋長的阡陌裡孤立起自己，慢慢地竟也就長大到可以捆綁起童年的心事塞進行囊和自己一起迫不及待離鄉背井的年紀。每一個人的成長版本，背後都有著不同層次的不可思議。

而我其實飛了回來之後還是會偶爾想起你。想起你來不及成熟的靈魂那麼倔強卻又那麼無助地被鎮壓在一座雕像裡，餐風露雨，在輪迴的四季裡倔強地重複著同樣的憂傷。我在想，然後很多很多年以後，如果我還有機會回到蘇黎世，你應該還會在的是吧？關於你那一直一直都找不到一個對的人可以說得出口的少年維特的煩惱，也應該還懸掛著的是吧？那時候如果你不介意，我想我會願意把手掌輕輕按在你打赤的腳盤上，而你慢慢說，而我細細聽，然後蘇黎世春末的風，把那些這麼多年一落下來又急著長回到枝頭上去，就只為了可以長久陪伴著你的樹葉，颯颯地又一次吹落下來，像是為了你周而復始，開了一場又一場告別少年的嘉年華會，而你雖然一直都不會長大，也永遠都不會長大，但這又有什麼關係呢？我們都愛你，都愛你，像蜻蜓振動翅膀以穩住在半空盤旋的身體那樣地愛你，所以你還懊惱什麼呢？

巴塞爾。

Basel

記憶像烤焦了的南瓜

到最後我想起的都只是聲音——電車叮叮噹噹地駛進市區的聲音。還有青春正當喧譁的年輕人如萬馬奔騰，在火車站上劈劈啪啪地橫衝直撞，奔跑著追趕即將離站的火車的聲音。甚至有一次，我坐在空無一人的月台，等待開往法瑞邊界一座小鎮的火車進站，而懸掛在站牌下又圓又大的時鐘，剛巧走到了整點，「咚」地發出一聲又沉又重又道貌岸然的提醒，把我給輕輕地嚇了一跳。

可城封疫困的那段期間，我幾乎足不出戶，躲在公寓的六樓，藉一小方塊陽台，望向安靜的天空，然後想，世界雖然大得不可思議，可我們竟都被釘在了原地，暫時哪兒都不能去。如果中斷的旅途可以銜接，如果出走的節拍可以延長，如果，我和巴塞爾還有機會前緣再續——我也很好奇，我會興致勃勃地給自己設計一個什麼樣的結局？

我記得最後一次告別巴塞爾，是慶祝進入夏令的那個下午，因為時間調快了一個小時，因為夏天終於如約而至，於是人們的雀躍全烙在眉眼之上，而那天風日正好，天空蔚藍蔚藍的，並且那藍，多少帶點炫耀的成分，是刻意藍給遊客們看的，彷彿在告訴大家，巴塞爾一直是中歐天氣最好的城市——

然後我看見長長的遊行隊伍在街道上穿來插去，隊上有英俊得不像話、正值舞象之年的男孩，腰緊肩舒，褲子驚心動魄地斜斜吊在腹股溝上，正夾在隊伍裡自命風流地吹著笛子前進；也有把眼線畫得如翅膀般展翅高飛，彷彿準備衝入雲霄的美豔女子，正嫵媚地昂起頭，朝天空目空一切地噴著菸圈——

不知道為什麼，在那一刻，整座城市突然有了一點點魔幻的意思，而這和我印象中的巴塞爾是不一樣的，非常不一樣的。我認識的巴塞爾，太正經八百，太彬彬有禮，也太索然無味了，有時候簡直像一行植入投影片中的說明，存在的用意只是把事情的原委和銜接的過程交代清楚，然後就沒有了下文，從來不會是我樂意與它產生瓜葛的城市。

但巴塞爾到底不是不美麗的，只是個性上或許沒有那麼鮮活明亮而已。而我握著一杯咖啡，看著流動的人潮和彷若滅了音一般安靜的風景，以及街區周圍樹身雄偉但葉子還沒來得及開始喧譁起來的喬木，霎時之間，迎面突擊的時空錯亂，還是會讓我恍惚，讓我心悸，讓我感慨前半生顧此失彼的人生軌跡——就好像車子已經絕塵而去，而我立在原地，看著潮濕的紅泥路上留下的，盡是車輪輾過的痕跡。

偶爾吧，在臨近傍晚的時候，在靠近古老的萊茵中橋的橋墩邊站一站，享受難得充沛的陽光，也會遇見帥氣的少年騎著自行車呼嘯而過，任他那頭齊肩的金髮狂妄地揚起又覆下，像一道金光，狠狠地朝我臉上划過一刀——青春之所以霸道，是因為生命曾經一視同仁，向每一個人派送，但卻僅僅派送那麼一次，錯過之後，日後狹路相逢，那活在別人身上的青春，往往對我們一臉鄙視，已經不再與我們相識。

可奇怪的是，之後回到吉隆坡，有一次開車經過十五碑的天主教堂，突然在我腦子裡敲響的，赫然是巴塞爾教堂一記又一記，響亮而沉緩的鐘聲，那麼地有力，那麼地結實，那麼地幾乎就在耳邊，久久迴蕩不去——而那是因為有好幾次在巴塞爾，一日將盡，當那些前仆後繼的發布會和訪問都結束了之後，我總會離開會場，信步朝最熱鬧的市場走過去，也總會走到半途，就決定在一座門前種了兩株清秀的喬木，並且還養著一座蓄水池的教堂前面，徑自選張木椅子坐下來，安靜地打量砌在教堂身上被太陽烤得正舒服的磚塊，也打量著咕咕地在遊客周圍兜來轉去的鴿子，然後預算在趕下一趟火車回蘇黎世之前，給自己多留一杯咖啡的時間，把掉了一地的瑣瑣碎碎的異地時光，給一一撿拾起來。

而好幾次，教堂的鐘聲總是那麼巧，在我站起身準備離開的時候突然敲響，於是我稍微把身子恭敬地挺直，轉過頭，面對著教堂，肅穆地等待鐘聲敲畢才轉身離開。我總是在猜，或許隱隱約約之間，這一堂鐘聲，會不會在給我一些善意的提示？暗示我即將會遇上的人與事？但我始終沒有急著去揭開那一長串的鐘聲背後，是不是敲開了生命的高低曲折，是不是敲響了應該重視的忠告與預測？

好幾年過去了，我一直沒有忘記那教堂高聳的尖頂，峻峭凌厲，帶著神祕和慈悲。更多時候，我只是感念那幾記可以讓我的內心在那一瞬間突然主動地收攏下來，隨後又慢慢地溫柔張開，莊嚴而敦厚，終歸有一天將會在彼岸輕輕被敲響，也將輕輕地被我記認起來的鐘聲。

就好像疫情期間，因為心裡嘈，益發覺得外頭的世界像滅了音一般，意外地安靜——並且安靜得幾乎聽見街燈慈悲的嘆息，也安靜得可以聽見一棵徹夜未眠的樹，在月亮底下，低下頭，禁不住為艱難的人們祈禱——我沒有特別想念巴塞爾，我只是太久沒有在陌生的國家，看著迎面相遇的每一個人，訓練自己利索地翻閱並翻譯每一頁迎面而來的表情，猜想他們背後經歷過的故事起伏。

我尤其記得有一次從一場推不掉的晚宴中途退席，然後套上風衣和圍巾，趕在巴塞爾最後一燈的繁華還沒捻熄之前，急著跳上尾班火車回到蘇黎世——而入夜的巴塞爾，天冷，城靜，人零落，只有三兩個路人，彼此暗暗打量，並靜靜猜測互相來路，然後各自皺著眉頭，微微弓著身子，抽著憔悴的香菸驅寒。我立在車站邊上，焦灼地等待開往下城的電車，而空氣中那些好像急著鑽入鼻孔並讓嗅覺系統自動存檔做為記憶的菸味啊，現在回想起來，竟甜得像烤焦了的南瓜——於是我常常在想，過去八年，我和巴塞爾雖然保持著禮貌的距離，但其實誰也不敢否認，我們就像翠綠的水草眷念著海洋，曾經那麼含蓄地彼此纏繞，也像一本書，翻到了最關鍵的一頁，卻不知所措地擱在那裡，等待著不知道什麼時候被時光一頁一頁地繼續翻閱下去。

愛情是一條破折號

長久不寫愛情了。愛情其實是最容易生疏的。不愛一個人了，或者不再被一個人愛了，所有過往應付愛情的伎倆，說也奇怪，馬上就生一層鏽，不再霍霍生風了，不再飛簷走壁了，也不再理直氣壯了。

可我偶爾還是會想念以前的愛情。「以前」的意思是，你還會為一個人魂不守舍地守在電話旁邊；你還會為了寄一封信，特地換上一條碎花裙子，搭車到城裡的郵局排隊掛號。而那時候的愛情，是善於等待的，愛一個人，可以愛很久；愛一個人，也可以愛兩次——不計前嫌，重頭開始。

因此我特別希望讓自己記得，以前的愛情多麼地樸素。女的轉兩趟巴士到男的宿舍，見了面就傻傻地面對面笑著，也不見得眼神裡面怎麼樣的飛沙走石。偶爾想說兩句體己話，可宿舍裡擠得滿滿的都是男孩子們青春期蠢蠢欲動的費洛蒙，於是男的抓起鑰匙，鋃鐺一聲把鐵柵門拉開，一前一後，有時候手也沒拉，就越過馬路，到附近的小區散個步。

常常走路走累了，兩個人就在馬路旁的公車站安安分分地坐著，唯一小小的戲耍，不過是男的把女的小錢包搶過來，做狀不肯歸還，說是要打開看看裡面偷偷藏著誰的照片來著，女的不依，但臉上的笑，卻笑得像淡淡的三月天，一簇一簇，開在山坡上的杜鵑花，滿滿都是歡天喜地的春色，然後男的突然一反手把女的手掌緊緊扣著，牢牢地盯著她，眼裡漫山遍野的，都是說不出口的情深與意長。

那時候大家多年輕。而那時候的愛情，因為老派，所以現在回頭看，才終於發覺，愈是老派的，其實愈是驚心動魄，愈是洶湧澎湃，幾乎一筆一劃，一撇一捺，都刻進骨髓裡頭去了。於是他們繼續坐著，繼續在馬路邊小小的只有一片鋅板蓋頂的公車站裡，坐著看27和30號的粉紅色迷你巴士司機不要命似的，來來回回在面前呼嘯而過，誰也不確定剛剛誰認真地說過了一些什麼，誰也不確定，將來和眼前這個人會不會一起遭遇未來的一些什麼。

一直坐到天色就快暗了下來，女的站起身來張望，說是要走了，要準備擠上下一輛往吉隆坡方向開的迷你巴士回返她的住處去了。然後巴士停下，天色將雨未雨，女的在巴士內回過頭來，怯怯地揮了揮手，而男的愣愣地，一動也不動，站在巴士噴開來的黑煙裡，彷彿心事重重，彷彿心裡有一塊說不上來的什麼，沉甸甸的，似乎預感他們的未來，應該不會如期到來，一直隔了好長一陣子，才轉過身，在漸漸四合的暮色中往回走，拉開鐵柵門，回到嘈雜的宿舍，在窄小的客廳就地打開藏青色的行軍床，把被單拉起來蓋住頭臉，悶聲不響地睡覺去了。

這樣樸實的愛情，像一碗擱在桌子上的蛋花湯，素得連幾顆蔥花也沒捨得撒上去。但要是命運肯答應，讓他們一路循規蹈矩地慢慢往下走下去，也許女的故事也不會峰迴路轉，而男的，恐怕也沒機會遇上另一個其實更適合他的。所有的愛情，其實從一開始就留下了伏筆，寫好了結局。所有在愛情裡邊的痛不欲生，其實都只不過是情節，都因為愛裡頭有所殘缺，說穿了，只不過是當事人沒有看穿而已。一般可以走得很遠的愛情，一點也不迷離，反而像理科生一板一眼解答的物理課題，不著重文藝，不強調氛圍，時間對了，有人推門進來，而你恰好站起身，四目交投，心底下大概也就知道：應該就是他了。

有一年在巴塞爾，午膳後越過一座肅穆的教堂，靠著萊茵河畔的橋墩喝一杯冒煙的咖啡，看見一個眉目如畫的少年，坐在草地上，脫下薄薄的夾克，替伏在他腿上曬著太陽假寐的女孩給輕輕披上，然後他半垂下琥珀色的眼睛，眼神緊緊地扣在女孩金色的頭髮上，一秒鐘也不捨得離開。於是我禁不住嘆了一口氣，兜了大半個地球，愛情終究其實，也就不過是這麼一回事——時光哄騙著青春，青春哄騙著愛情。

而到頭來這男孩遲早有一天，是要把這一刻的愛情給忘得一乾二淨的，而我在那當下，其實並不介意當一個臨時的見證人，見證他曾經對愛情那麼地虔誠，那虔誠裡頭，又是那麼地心無旁騖，那麼地心神一致。如果日後我們有機會再碰面，那少年身邊的女孩們或許換了一個又一個，我是不是應該走上前去輕輕提醒他，好多好多年前，我曾經在萊茵河畔，透過他清澈的眼睛，看見過一段山青花欲燃，偏偏「江上使人愁」的愛情呢？

盧塞恩。

Luzern

木橋與塔樓，還有一隻負傷的獅子

許久沒有讓自己想起盧塞恩了。在歲月拂袖而去之前，我想，我們應當不會再見了。實際上我與盧塞恩也就只有一面之緣。不足十二個小時的一面之緣。從一頭獅子開始，一條木橋結束。

至於河——河是當然的。我從蘇黎世坐一個小時的火車抵達盧塞恩，第一眼見到的，就是將盧塞恩的新城和舊城隔開的羅伊斯河——我記得那是復活節前的一個星期，三月下旬的瑞士，河水和湖泊都還是冰冷的，波瀾不驚，還常常可以見到鵝，成群結隊，白色居多，彷彿不怕冷似的，挺著優雅的頸項，在水面上緩緩地游過來又蕩開去，對遊客的雀躍和調戲全都視若無睹，臉上一副怡然自得的表情，看起來也不是不驕傲的。然後我穿過那條著名的卡貝爾木橋，穿過橋中間磚塊砌成的八角形水塔，進入了盧塞恩的舊城。

可我新近夢見的盧塞恩，卻是盧塞恩的塔樓和城牆，以及陽光陰森森地照進來，荒山漠漠，只有我一個人爬上去的，那座古舊的瞭望台——而且夢境拉開來的時候，我在夢裡很清楚地知道，這夢境一半出自憐憫，一半給予警示，是我曾經的記憶網開一面，讓我回到盧塞恩的塔樓再看一次，以便修復我錯漏了的畫面和景色。甚至我在夢境裡感受到的，那氣溫，那氛圍，那瞭望台裡略帶陰森的靜謐，還有那照進塔樓水泥梯階上灰濛濛的陽光，都是那麼地似曾相識，根本就是把那一天再複製一次，暗中給我一些我一直都看不穿的啓示。

奇怪的是，醒來之後，我重新輸入記憶的密碼，關於盧塞恩，我記得最清楚的反而是那天的氣溫又下滑了兩度，而我上山探望城牆和塔樓之前，先停在一家手工皮革店，店主是個滿頭華髮但風度依舊翩翩的工匠，舉止得體，像個飽含學養的教授，說話之前，習慣微微地先皺起眉頭，然後才應答每一句提問。

而我看得出來，他之所以皺眉，是因為他在認真地思考，並企圖用簡單的英語重組他想要表達的意思，並不是對莽撞地闖入他的工作室將之誤當成零售店的遊客，表現出他的厭惡。

結果我給自己買下一條柿子橙的小羊皮腰帶。我喜歡那顏色。也喜歡那腰帶除了好聞的皮革的味道，竟樸素得完全沒有半點設計，在誠懇的粗簡當中，帶出它實在的品質。我還記得他說：「只要你不喜新厭舊，就算十年，它還是會對你忠心一致。」

我望著他灰綠色，如湖面之鏡的眼睛，笑著道謝，然後轉身離開。現在仔細回想，我記得那手工皮革店的光線十分素淨，素淨得還沒有經過夏天的賄賂，而那教授般的工匠圍在腰間的皮革圍裙，看上去應該很柔軟，彷彿可以放心將所有平淡的、老舊的、靜好的日子，都安安穩穩地藏進圍裙前面大大的口袋，誰也別想去驚動。

而我隨後繼續以一個遊客的身分，沿著老城區一條秀麗的小道，慢慢攀上山坡。那一路上，風日極好，天空乾淨得像是剛剛洗過一輪冷水澡似的。我於是想起我生活的城市，要找一條這麼優雅的小道和這麼寧靜的山坡，是很艱難的一件事，恐怕需要花上很長很長的一段時間，並且不一定如願以償。

於是我一路朝著被保留下來的中世紀穆塞格城牆走上去，沿著築起的城門登上塔樓和瞭望台。斜坡上迎面走著下來的，都是一群群十來歲的少男少女，看來是剛剛下了課的高中生，他們面容之姣好，臉色之紅潤，眼珠之清澈，還有笑聲之舒朗，絕對比那一天的陽光還要明亮，還要光燦，還要閃耀，讓我在自己老早已經模糊不清的青春面前，不由自主地羞愧。

至於我小心翼翼，順著窄小的水泥梯階登上的瞭望台，因為沒有其他訪客，瞭望台內的磚塊和土牆，堅厚而老實，裡頭應該都埋著久遠的故事，而且那安靜，安靜得有點陰森，有點讓人不安。可當我從挖開的窗口探出頭去，馬上就將盧塞恩舊城的景色都攬進眼底，這才發現盧塞恩秀麗得完全像一幅中古世紀的油畫，或深淺或濃淡，都恰如其分地舒展開來，明明畫面是靜止的，卻感覺到羅伊斯河一直在迂迴地流淌著，流淌著——

就好像我後來下山，另外拐了好長一段路，站在那座於山壁岩洞上雕鑿出來，著名的獅子紀念碑面前，實實在在感覺潺潺兩百多年的時間，原來並沒有像水一樣無跡無痕地流逝去，反而被緊緊地扣在那頭獅子不甘心蓋下來的眼皮底下。於是我明白，客途，浮生，所有的相識，都只是過場，最終的離散，才是設定的主題。

尤其那當中，包括牠對人性的自私所引發的哀傷，也包括那支深深插入牠背脊，象徵戰爭何其殘酷，並讓牠因而奄奄一息的斷箭，到現在一直都沒有誰有本事，用力將它完全給拔出來。

我還記得，那時候春天就快走到了盡頭，很快就要進入夏令時，但空氣卻還是冰冷冰冷的，雖然陽光出奇充沛，把孤伶伶地頹倒在幽僻的岩洞裡垂死的獅子，照耀得栩栩如生，彷彿下一分鐘，牠就會朝天嘶吼，然後爬起身來，負傷前行，把歷史重新修改一次。

這一座獅子雕像，是紀念一七九二年在巴黎保衛杜伊勒里宮的一千多名瑞士雇傭兵，他們當中有七百多人陣亡，三百多人負傷生還，因此這座由丹麥雕刻家巴特爾托瓦爾森雕鑿的中箭負傷獅子，一直保持同一個姿勢，即便奄奄一息，即便精竭力盡，還是堅決把象徵勇氣與尊嚴的盾牌，緊緊抓在前爪底下，說什麼都不肯輕易讓它鬆脫。

至於雕像前方的岩壁底下，則安安靜靜地蓄著一湖秀氣的池水，另有一番清新的景象。也許當日天氣實在太好，我看見一對恩愛的天鵝，正蕩在湖面上曬著太陽，舒服得就快閉上眼睛睡著了。而我站在這一頭雄獅雕像面前，感受著陽光暖暖地爬在頸背上，突然很想彎下身掬把池水洗一把臉，說不定啊說不定，這一潭湖水願意向我透露，當時支撐不住倒下來的那一剎那，這隻象徵雇傭兵的獅子爆發的最後一聲吼叫，代表的是憤怒，是不甘，還是遺憾？牠的失敗，是理想主義的失敗。牠的單純，是對信仰的初心，太過單純。

納沙泰爾。

Neuchâtel

尼采乘著馬車來

空氣是濕的。正因為如此，我第一次來到納沙泰爾，感覺像是回到曾經住過一段日子的地方，回來巡顧四周，回來打點一切，回來打個小轉，很快又要走的——而我當時是有多倉促呢？離開的時候，有人在比海洋還寬的湖面划船；有人脫下手套，站在路旁打算好好給自己點一根菸，碰巧轉過頭來，給我投過來一個嘴裡還冒著白煙，陌生但友善的微笑；有水鳥拍打著翅膀從我耳側飛過，我甚至嗅得到，鳥兒身上被湖水打濕的味道——這一切影像，突然像一幅幅來歷不明的截圖，有人傳了過來，暗示我應該坐下來，好好記認前塵。

我只記得抵步的那個晚上，因為時差，我倒在飯店房裡昏昏睡去。床頭上的電話響了又響、響了又響，然後我突然驚醒過來，這電話的鈴聲我記得，那是我十九歲的時候路過檳城林連登路的一座公眾電話亭突然響起的電話鈴聲，而我當時竟然停下來，並且順手抓起沉甸甸的橙色話筒，電話另一頭是個年輕男孩氣急敗壞的聲音，他說：「我都還沒有說完——」我安靜地握著話筒，他卻沉默了下來，隔了好一會才說：「阿玉，阿玉，妳有在聽嗎？」我沒有告訴他那不是阿玉。我不想他失望。我擱下電話，然後走開。我隱約記得，那個晚上的天氣很熱，影子很長，星星很落寞，而我的未來稀稀散散，完全還沒有著落。

很多很多年以後我再倒回去，路兩旁的雨樹老得真快，檳城已經不是我可以若無其事地把心事埋藏的舊城。我當時跟朋友說，還有點時間，兜我回去林連登路走一走吧。那感覺就像半路掉了錢包的人，總是不死心，總是低著頭來來回回地尋找，總是以為，一切都可以失而復得——而我站在街燈之下，已經找不到我的青春在林連登路登陸的那個地方，連那電話亭，也都給拆走了。可我到現在偶爾還是會想起，那電話亭的顏色是髒兮兮的橙色，像一粒孤伶伶被客人挑剩的橙子，落在果籃裡到最後還是賣不出去。

結果那晚上我一邊道歉一邊急急抓起長長的圍巾繞在脖子上就跟大伙出門吃飯去。那餐廳的名字我記不得了，只記得它是一棟湖水藍的建築，在夜色底下有一種眉眼迷離的嫵媚。而我們訂的桌子被安排在地窖裡，我沿著鋪滿一塊塊華麗瓷磚的樓梯一路旋著往下轉，雖然華年早逝，那年輕時應該很風流的領班是個風趣的男人，餐廳的客人不多，他一直繞著我們桌子轉，只是他的幽默偶爾有點不合時宜，我轉過頭，餐桌上都是頻率相近的朋友，我們會心交換的餐桌笑話裡頭，多少都帶有過去許多年我們斷斷續續建立起來的交情——

時尚圈子的人大都薄義矯情，外頭的人都這麼說。但其實怎麼會？倒是這樣坐到一塊兒親暱地碰杯耳語的場景到底已不復在了，現在回想起來，也不是不美好的。有酒有燈有音樂，有酒杯敲破我們彼此心照不宣但不會互相扯破的無傷大雅的心事——可我笨，到現在還是學不會喝酒，並且忘了我那晚上的主菜是鱈魚還是燻雞？我只記得音樂選得不是太好，如果可以稍微憂傷稍微再藍一點點會更好，這也許是因為我一直想念飯店房間一推開落地長窗就能夠與它坦誠相見的湖面的緣故吧？我想早點離席。外面的天氣一定很冷很冷，但我不介意走一小段路，早點回去和一面睡倒在漆黑的夜裡深不可測的湖水敘一敘舊——它說，我聽。因為我確定我們認識，偏偏我閉起眼睛想了又想，一點都記不起來，我們其實是怎麼認識的？

隔天早上，我呵著氣，把手插進冷衣口袋裡沿著納沙泰爾湖口散了一小圈步——我一直堅持，路途兜轉，對一座匆匆打個照面就必須轉身離開的城市，散步是一種問候；是一種禮貌的招呼；也是給未來留下一點餘地。至少我們將來相遇，你還記得我走路時右腳總是比左腳遲疑，還有我一貫漫不經心的節奏和步履。

而納沙泰爾距離日內瓦其實只有一個小時的車程，是個出奇清秀的小城，只要穿過幾條安靜的街巷，就可以站在斜坡上鳥瞰大半座城市的屋頂，並且總是聽得見教堂渾厚的慈祥的鐘聲，彷彿在回應著不知誰的祈求和籌算，每次聽起來，都感覺教堂很近，很近，很近。

只是有時候，所有的相遇都是暫時借回來的，將來總得要原封不動地還回去，我們一早安排好此行的下一站是阿爾卑斯山，上山去過一夜，上山去看看雪，因此和瑞士這座小小的、如果留下來應當可以把生活過得山青水綠的邊城就只能寒暄，就只能錯肩。而我一直沒有忘記，這城市古早古早以前，盧梭來過，尼采也來過，尼采四十四歲的時候乘馬車過來，看著這湖面甚是驚歎，這麼靜謐這麼文雅這麼古老的小城，連街燈也心事重重，怎麼看，都比一幅畫，更像一幅畫。

然而眼看著春天就快走到了底，夏天很快就要熱鬧起來，納沙泰爾湖邊的空氣，依然薄得像一張鋒利的膜，沁膚蝕骨。可惜我就要告別，可惜我必須得讓這座城市，在往後憶記起來的時候，永遠帶點悵然若失。經過這麼些年，我終於發現，自己演得比較得心應手的角色，原來是一個不動聲色也不逾矩的旅客：疏離，拘謹，約束。並且老是感覺自己就好像一顆懸掛在半空的逗號，無論前進或後退，無論抵達或起飛，在城市與城市之間，永遠都不圈上一個圓滿的結束。就好像納沙泰爾——我站著再看一眼那湖光山色，山雲同憂，我的前塵往昔，在這裡翩翩翻飛，竟彷彿都是眼前的事。

因特拉肯。

Interlaken

不如相忘於山水

一半是因爲沒遇上周末吧。小鎮出奇地靜，靜得，像一張擱在書桌上，遲遲還沒有被寄出的明信片。而寄件的那個人其實一點都不著急，並且還暗地裡做了個決定，要等到哪一天心血來潮了，才姍姍把明信片投寄出去。甚至我還看了出來，他還故意地，把收件人和寄件人的名字雙雙留白，像製造一宗懸案那樣，存心給這張明信片埋下一行伏筆：未完，待續。

——火車臨到站的時候，火車上的檢票員友善地趨前來，提了一句，「因特拉肯不大，就那麼幾條街，從西走到東，也耗不完你一個下午的時間，走完了回到車站，我掌的這班車，相信還趕得及把你送回蘇黎世——」我側身望了出去，車廂外春意漸濃，前進的火車，把山坡、河流、平房、羊群，那些急速往後閃退的風景，都哐啷啷地拉成一條碧濤流光，於是我回過頭對他說：「好，我們回程見——」他點了點頭，面貌十分莊嚴，看上去早已過了退休年齡，是個七十多歲了還敬業樂業的老人家，眼神慈祥得像個剛好派來值班的，業餘的天神。

結果當日氣溫偏偏驟然回降，風吹過來，如一片布滿尖刺的薄薄的膜，迎頭罩下，砭人肌骨。我走出車站，越過馬路，走到河水潺潺的河堤邊，入神地看著清秀的河水在敦厚的河石上濺射出透明的水花，一邊任圍巾慌慌地翻飛，一邊專注地讓自己在安靜裡頭體會安靜，在冰冷當中記認冰冷。

因特拉肯其實就在少女峰山腳下，並且一點也沒有辜負平日從阿爾卑斯山脈所吸收的靈氣，意料之中地乾淨，也意料之中地平靜。但我總覺得它更像是個隱世的匠人，專門替人打磨滄桑起繭的歲月，誰站到它跟前，都自動被剷除凸起的部分，現出最純粹的本質和氣度，並且泛起安靜的波瀾，像一條河，被掛在了牆上。

我站在這人煙稀落的城鎮，好些零零碎碎的回憶，突然像鋸子刨出的花、像木頭掉下的屑，像摔在地上裂成千萬片的石膏，一片一片，滿地都是，根本不知道該從何撿起——而只有來到和心神相契的地方，我才會被提醒，既然已經被歲月輕慢了，那就別再輕慢自己。而旅途的另一層意義，不就是讓我們藉地理環境的移動，將自己推送出去，抵達和文學上的境遇更靠近一些的彼岸嗎？

是的我也當然知道，旅行的吸引力，更多時候是一步一步，去揭開事先規劃的不確定性——但我實在貪戀這長途跋涉之後的廣闊和平靜；貪戀在一座又一座的湖邊，踏實而輕盈地散步；貪戀在一條又一條的河口，類似哀悼的佇立，看河面上蕩開一圈又一圈，沉默的漩渦；更加貪戀在陌生的小城小鎮，一次又一次，仔細看清楚那些夾在額頭上的皺紋裡頭，抹不乾淨的歲月留下的塵埃。

而因特拉肯鎮中心因為只有一條筆直的觀光大道，所以我不假思索，將它兌換成現成的散步途徑——但觀光和散步怎麼會一樣呢？步伐的闊與窄，還有呼吸的急與緩，畢竟還是不同的。當你把身分切換成非典型遊客，不擠名錶店，不對鎮上唯一聲色犬馬的賭場摩拳擦掌，不對專門打遊客主意的高級餐廳趨之若鶩，當中的分別很快就被看出來了。

還好沿著觀光大道一直往下走，路的另一端有一塊翠綠的大草坪，於是我挑了一張鐵椅坐下來，剛好一抬頭就可以遠眺少女峰眉目清秀的剪影，而因特拉肯的天氣總是晴朗得過分，萬里無雲，根本看不見雲朵互相追逐時雀躍的表情，只能看著雪山時而嫵媚多情，時而剛正不阿的眼神，也看見了日子，因為安靜，而如此姣好。

但我其實更喜歡看的，是鎮裡的房子，因此回程時，刻意拐進疏疏落落，居民們散居的小區，走在石面人行道，看他們人字形的屋頂，看他們露台上種的開得正豔麗的鮮花，看他們自成一派地把房子油上亮麗的、溫暖的色彩，漂亮得就好像小時候從圖書館借回來的童話故事書裡頭的插圖——並且也喜歡久久地打量，房子的窗口和門把的設計，猜想著房子裡住著的這些人和這些人藍綠色的眼珠底下，是不是和我們一樣，有著尋常日子的喜悅與煩憂？我也喜歡趁小朋友們都隨著父母騎自行車到郊外蹓躂的時候，竄進空蕩蕩的，因為被冷落而落寞下來的遊樂場，甚至還差點按捺不住衝動，想坐上孤伶伶的木鞦韆和蹺蹺板，希望可以偷回一時半刻，我從來沒有機會享受過的，無邊無際地快樂著的童年。然後再往前走，一邊看著穿過民居的小河，河面上有形單影隻的天鵝，若無其事地用喙澆洗牠驕傲的羽毛，一邊聽著幾隻白鳥啁啾著，低低地從我頭上各自拍打著翅膀飆遊而過，不斷地藉著振翅飛翔來抵擋寒意，牠們誰也沒有約定過誰，將來還要在嚴寒的冬天，並列在屋簷底下，相互依靠著把頭埋進翅膀抵擋寒冷——所有的生命，都難免遺憾。遺憾在小小的鳥兒身上，你如果拆開來，也是五臟俱全的遺憾。

何況這世界本來就有太多太多看不完的美麗風景，愈美麗的，愈是讓人惆悵。特別是當你在也許將來都不會再倒回來的某個地方，遇見一條有點執拗的河，或是遇見一棵慈悲的樹，樹和河不約而同漫開來的，都是閱歷，都是啟示，你也終究只能深深刻刻地看一眼，然後轉身，然後離開，然後讓原來的統統歸還給原來。

就好像每一次的起飛與降落，每一次在火車站聽著拉響的汽笛，真正吸引我的，是難得可以一個人，沿著陌生的牆根，專心一致地，當一個舉目無親的旅人：沒有國籍。沒有來歷。沒有過去。也沒有打算在過境的任何一座城市，刻意地播種未來，或存心鋪墊際遇。

世界這麼空曠，每一次將自己從常序中掙脫，真正在乎的，沒有其他，只有不斷行走，偶爾停靠，一次又一次，與相逢過的風景，不留牽掛地相忘於山水。

隆格恩。

Lungern

郵差把信送進畫裡面

離開瑞士前的最後一站了。

火車到站的時候，雨還在下著，整個車站杳無人煙，這城鎮原來比我想像中的還要小，小得連個輪班站崗的站長也沒有，也小得，似乎對跳下火車的外來之客絲毫不帶半絲奢望，不存半點戒心。

我惘惘地立在車站邊上，順手撐開了傘，而雨開始急了，像個不善辭令的女人，話一說得急了，句子就慌亂了。而舉目四望，這城鎮的靜，顯然是渾然天成的靜，不是那種平素熱鬧慣了，霎時間人客們都推開椅子走了，留下滿山滿谷杯盤狼藉的靜——

於是我突然為自己的魯莽感到歉疚起來。其實並不是每一座小鎮都稀罕旅客，尤其像隆格恩。在氣質上，隆格恩本來就應該和外面的世界維持一定的距離，本來就應該謝絕干擾，所有的到訪，不管是不是善意的好奇，對於它，始終都是一種欠缺禮數的入侵。

但我已經站在路口上了，並且那風，冷得像一支抵在脖子上的刀鋒，而下一班開回盧森堡的火車，最快也得等到兩個小時之後。於是我選擇放緩腳步，沿著唯一的柏油路，小心翼翼地打算走進鎮心，一是擔心被雨澆濕的地面特別滑，一是不想驚擾躲在屋子裡的壁爐邊取暖的居民。結果我甫一抬頭，就看見白雪皚皚的阿爾卑斯山脈，和藹地環抱著整座城鎮，而雪山半腰，雲霧不斷飄移，不斷悠悠地打轉，更不斷樂此不疲地後退和前進，那情景看上去，安靜得比任何一幅畫，更像一幅畫。

實際上，隆格恩的靜，靜得讓人錯覺鎮上錯落有致的那些屋子，雖然都靈秀、都出塵、都娟巧，都美得叫人不敢大聲呼吸，可卻不像有人住在屋子裡，有的只是極細極微、甚至被過濾的時光，在緩緩地流淌。

我走到小鎮中央，看著臥在山腳底下的房子，一棟一棟，每一戶都落落大方地表現著迴異的風格與清貴的氣質，我禁不住猜，屋子裡的主人，此時此刻，如果不是在廚房裡煮著咖啡，就一定是在客廳裡逗著貓咪或狗兒戲耍，然後在暮色四合之前，搓著雙手打開前門，把擱在信箱內的信件取出來帶進屋子，安靜地和心愛的人靠在一起，夜裡靜靜聽著如果雪下得再大一些，就會輕輕拍打著門環的聲音——而這樣的生活，才是真正的把「生活」的「活」，給「活」出來。

至於我在鎮上唯一面對面遇見的，多麼奇妙，怎麼都想不到竟是穿著黃色制服，開著黃色三輪電單車送信的郵差。他戴著頭盔，隔著細密的雨簾，友善但帶有距離感地向我頷首示意，然後繼續輕車熟路地，在鎮中央穿梭來去，把該送的信，順著地址的遠近，送到鎮上的住戶家裡去，不管那雨是緩還是急，而我看著他，彷彿見到他穿著黃色的制服，把信送進一幅一幅的畫裡面。然後我停下來，坐在湖畔的大石頭上，這麼巧就看見一隻毛色比海洋還要碧綠的鳥，忽然拍打著翅膀，從潮濕的草地上騰躍而起，朝著被雪花染白的、孤禿禿的枝椏滑飛而去，並且神態自若地將自己飛進畫一樣細緻的景色裡，不斷將碧綠色的翅膀打開又收起、打開又收起，像一卷頑皮的雲瀑，正努力撲向一座謙和的山谷。

隨即黃昏近了。我撐著傘，彷彿自己站在一幅畫的邊緣，不敢驚擾畫的恬靜，卻又貪念畫的幽靜。而天空灰沉沉的，像一小截氣韻蒼鬱的詩，只需要補上一兩個穿牆過壁的句子，也就可以張貼出去了。我知道，這樣的景色，往後大抵是不會重遇見的了，我實實在在感覺到，這冰冷的山色和水景，雖然比夢還輕，雖然比雲還薄，卻還是慢慢在我面前融化下來，像隆格恩冬末的皚雪，像隆格恩禪修的湖水。

雖然，綿綿的雨水打散了我原本以為可以好好沿湖走上一圈，但也是這場細密的千絲萬縷的雨水，讓我體悟因為距離的拿捏，而看見另一種美，似近還遠——它一直把自己安頓在雪山環抱的山腳底下，幽僻而嫻靜，就是它唯一的履歷，並且它教會了我，所有的不期而遇，不過印證了一句：長的是遺憾，短的是相聚。

科爾馬。

Colmar

鎮小春深割昏曉

離開科爾馬的前一晚我睡得很淺。清晨三點，就從床上坐了起來，然後從飯店窄窄的半圓形窗口望出去，彷彿還可以聽見露水輕輕落到花葉上的聲音。

法國東北部的三月下旬，氣候的冷冽，還是欲拒還迎。而我就要離開了，離開睡了三個晚上的床位，離開一座老得不糊塗不囉嗦，像一個學識和修養都氣派昂然的老紳士的城市——而一座城市的底蘊和氣韻，總是要老到一個程度，才散發得出來。

我記得我剛剛抵步，城很小，外頭的陽光難得的美好，我招來客租車，憨直的中年司機不說英語，把濃黑的眉毛壓了下來，不斷罷手拒載，並且費了好的勁才讓我明白，「飯店很近，往下直走，拐兩個路口就到」，最後他還用手指指著天空划了個圈，意思是說，「天氣這麼好，別浪費了」，那雙好看得像劍一樣英氣逼人的濃眉還是緊緊地壓著——

我霎時被撲面而來的親切和友善一團一團地擁抱。做為一個謙卑的旅人，我有我不切實際的小迷信，我喜歡用我遇見的第一個人去預測我和一座城市即將開展的關係，而科爾馬，到現在還像一聲熟悉又和藹的咳嗽，偶爾在我夜裡讀書寫字的時候，在腦子裡輕輕一咳，咳出我和它那麼短暫卻那麼美好的記憶。

可見我終究還是沒有學會如何一個人拖起行李毅然離開一座城市而不惦掛——我不怕離別，一點都不。經歷過和最親的人永別，撕過心也裂過肺，其實已經沒有任何方式的離別可以將我擊垮。我需要的只是記得，在漸漸人聲不再喧譁的歲月裡，偶爾還是會記得和一個人或一座城市初次相遇，記得當時彼此的神色是如何飛揚，記得當時彼此交換的眼神是如何熱烈，然後在生命消散之前，各自背轉身，在秋臨冬至的風裡弓起手掌，吃力地點上一根蠟燭，把過去的親密，再小星小火地燃燒一次——人生很長，長長的人生月台，多少回的人聲沸騰人潮騷動，多少次挨著肩上車下車，至少我們遇見，至少，我們有足夠的理由在彼此的夢裡推開門相見。

而我特別喜歡科爾馬稍稍與世隔絕的恬靜，日常在城鎮裡走動的，幾乎都是在地人，遊客當然還是有的，卻大都禮節周詳，不至於喧賓奪主。我記得晨早經過一條寬敞的街道，道旁恰巧有間郵局，我好奇地走進去探望，發現裡頭井然有序，光線很輕很暖，有穿著體面衣裝的老先生老太太們在辦理手續，也有年紀相當的職員友善地朝我點頭示意，時間在那當兒悠悠地、悠悠地流轉，不疾不徐。我原本盤旋著跳躍著的思緒於是在那窗明几淨的郵局裡頭，自動就放緩了下來，明明我與他們的生活完全沒有環環相扣的關係，卻因為擅自闖入他們樸實溫和的日常作息，而竊走了那十幾分鐘將永遠拷貝進我記憶裡的一場不期而遇。

因此我總是相信，旅途上往往被認真記憶下來的，不是出發前編排好的行程，而是發生在一瞬間，或是路角或是街心的相遇。我到現在還常常想起，我在小城通往火車站的路邊，發現有人把幾本保養得還很好的書本排列在鐵條長凳上，並且還擱了一塊寫上幾個字的紙板，意思大概是「讓書本流通，如果你喜歡，它就是你的」。因為科爾馬處於法國與德國邊界，而那幾本被有心人留下的書籍恰巧都是德文，我拎了起來又苦笑著放回去，顯然我不會是它們輾轉流通的目的地。而不遠處，有個戴著暖色冷帽的老先生，一手撐著手杖，一手抓著菸斗，正微微昂起頭，專心地閱讀就在路邊一片灰藍色的牆面上架起的一塊壁報，而我靜靜地站在他身後，放緩呼吸，不敢叨擾。

壁報上除了更新社區的活動、除了小朋友的畫作，還有當天從報章上剪貼下來的新聞評論，看得出來一路都有專人在編輯和管理，我尤其喜歡的那個畫面是，當天天空乾淨如洗，而看起來特別睿智的老先生在路邊認真讀著壁報上的新聞評論，我在離老先生稍遠的後方，不敢驚動一草一木，靜靜地讀著老先生閱讀壁報的畫面和背影——

他們都說，科爾馬是個人們不忍心將它吵醒，夢境一般的小鎮，但我喜歡的，反而是它樸實的民風，以及在歲月的猖狂中尚且保留著喜好閱讀的修養，完完全全，彰顯出十五至十九世紀歐洲子民的文化本色，那莊重的身段和姿態，實在沒有辦法不讓我格外地傾心與敬重——因此到現在，我的嗅覺偶爾還是會突如其來地給我提醒，提醒那一個早上的空氣，濕潤而清冽，以及歸鞍到時春已深，到處都是準備迎接夏天的歡跳著的青綠，那一抹一抹，淺絳層罩的青。

康斯坦茨。

Konstanz

其他什麼都沒有

他用手勢示意我等一等，然後順手接了一通剛巧在櫃台上響起的客服電話，最後才轉過頭來，還是重複那一句，「你確定要過去德國？坐一個小時的火車？到康斯坦茨去？為什麼不留在瑞士？蘇黎世還有好多地方是你還沒去發掘的？康斯坦茨除了幾所大學和一座湖，其他什麼都沒有。」我笑著回答：「就因為其他什麼都沒有，所以我才要去走一走——」

做為一名過去八年、我們也就每年只見一次面的飯店經理，他的熱情著實讓我感激，但如果我堅持反其道而行又有什麼關係呢——坐上一趟也就個把鐘頭的火車，去投靠一座安靜的和瑞士毗鄰的德國小鎮，正好可以讓我熙熙攘攘了整兩個星期的心情平平實實地舒緩下來，所有理想中的輕旅行，不都應該是這樣子的嗎？輕的不單單只是行李，還有心情，更何況我已經到了不太願意被過分喧鬧的景區諂媚和討好的年紀了。

等到抵步之後，我才證實，康斯坦茨舊城區的小，原來真的好小、好小。小得就像一張小心翼翼地對褶後藏進上衣口袋的紙條，密密麻麻，寫滿二戰前後舊城區深怕被後人遺忘的史蹟，而今即便人世幾番顛簸，舊城的形貌，始終莊嚴得體。

我提著行李，站在火車站出口，陽光不卑不亢地普照下來，剛好可以讓我好好地端詳這座飽經風霜的舊城——我知道，在康斯坦茨面前，我那微不足道的人生經歷和人世滄桑，再怎麼說，都還實在是太嫩了點。

而一座舊城的莊嚴，除了來自它的背景和涵養，更多時候，是來自隱藏在它建築群背後的層層閱歷和斑斑史蹟。而我一向喜歡德國冷冽而鋒利的建築，特別是從中世紀保留下來的標誌性古式建築，宏偉，冷酷，驕傲，自負，人在康斯坦茨，如果肯耐心地沿著老建築標明的門號一路走，或許真的可以一路追溯到中世紀去。

尤其是聳立在舊城區的地標性高塔教堂，線條鋒利，造型靡麗，把中世紀德式建築的利落和華美，揮灑得淋漓盡致，而我站在高塔面前，解開思維的轡鎖，讓所有的想像力去跳躍去奔跑，去探尋一座深遠而神祕的中世紀城堡——而德國，最琳瑯滿目也最美不勝收的，本來就是城堡。

實際上，我一直迷戀德國的鋒利與冷峻：無論人與物，或物與建築，那種神祕中帶點深不可測的沉著。而德國的教堂、高塔與城堡，每一個往天空擎上去的線條，都義無反顧，都毫無懸念，在恢弘大氣底下，隱藏著一分為二的溫柔與暴烈。因此每一次在德國和陌生的眼神在人潮中交接，都會因他們間中意味深長的長長的注視而感覺到那其實是一種警示——

我記得第一天在舊城遊逛，一位劍眉星目的少年隔著馬路，用老練的眼神在我身上冷峻地偵察，彷彿在盤算一個東方遊客可能帶給他的有機可乘的機率。我很快藉過路人潮做為掩飾，從露天咖啡座站起身，鑽進隔幾家的服飾精品店，力持鎮定地站在陳列墨鏡的圓形架子前，拿起一副特大的方形復古墨鏡準備試戴，赫然發現那少年竟出現在鏡子裡，站在我的背後，木無表情但目不轉睛地盯著我——我甚至看得清他右眉靠近眉峰的地方斷了開來，有一道小小的疤痕，還有他耳際的髮腳修剪得很整齊，完全不像是個浪蕩街頭的小混混——

於是我力持鎮定，把試戴的墨鏡擱回原處，在少年還沒開口說話以及決定下一步行動之前，轉身拉開門就走，並且加快腳步，走進鄰近熱鬧的商場，然後找一間客人特別多的餐廳坐下，一直坐到用完下午茶點，續了三次咖啡，確定少年沒有繼續尾隨在後，才趕在黃昏落下來之前，離開商場，疾步往飯店的方向走去，及時扼斷一場隨時可能發生在任何一個單身遊客身上的驚魂記，而少年刀鋒一樣尖利的冷酷的青春，實在讓我觸目驚心。

不巧這一次投宿的飯店有點偏，就在大學城後方，那幾天來來回回，我都必須循著鐵道，走很長很長的一段路，才能從舊城區回到飯店，又或者得從飯店穿過一大段林蔭處處的石板路，才能走到湖光水色的波登湖畔。

而那一路上迎面遇見的，都是紅撲撲著臉、飛揚跋扈地騎在單車上、身上的青春氣息隨時可以把路人灼傷的大學生。我尤其記得，我必須橫過一條很寬很長的大橋，橋上三三兩兩，都是剛剛下課的大學城裡的學生，而時值黃昏，金燦燦的夕陽，把整座橋牢牢地拴套著，我走在橋面上，橋底下河水的反射，讓我想起馬頓寫的那首歌，「你在南方的豔陽裡大雪紛飛，我在北方的寒夜裡四季如春」，心底沁過一道跟了自己好多年，卻始稀釋不掉的惆悵。

逗留康斯坦茨的那幾天，我幾乎每天都在黃昏覆蓋下來之前，一個人，以外來者的身分，在湖畔那一條蜿蜒的小路散步。除了濃密的樹蔭和安靜的堤岸，這裡其實什麼都沒有，什麼都沒有。每一回遇見的，幾乎都是遛狗的男人、專心接吻的情侶、追逐滑板的少年，以及成天忙著鬥嘴的天鵝和目中無人的海鷗，牠們都用力搧動著翅膀，嘎嘎地叫著，尚且洋洋得意，以為這樣子就可以撕裂湖畔的寧靜，殊不知這幾聲鳴叫，反而加深了湖畔的寂寥。

還好附近的居民都友善，也都樂意眼神交換，然後一直走到路的盡頭，面向湖畔的旅社和民宅漸漸疏落，見到的盡是荒草瑟瑟的城牆，以及落魄的木梯和石棧，那景色之蕭條，彷彿來到天涯海角，而那一片泛綠的湖色，其實只遠遠地望上一眼，就生生世世住種進心田，因為它比畫還要安靜，比夢，還要迷離。

輯四

野徑雲黑星獨明

阿姆斯特丹。

Amsterdam

如果在阿姆斯特丹，一個旅人

離開阿姆斯特丹的前一個晚上，我睡下的時候距離天亮約莫也就只有兩個小時罷了。而我打一開始就認定阿姆斯特丹不是個適合太早回到飯店把床頭燈捻熄的城市。入夜之後，一個旅人，如果在阿姆斯特丹，會意識到自己破「禪」而出的安然與淡定，因為它安靜中帶點曖昧的詭異，還有它漸漸清爽下來的空氣裡，也微微泛著讓人迷茫的甜意。當然還有天空。阿姆斯特丹入夜的天空，是不是因為城市有座梵谷博物館的緣故呢，感覺似乎比梵谷的午夜藍，還要藍上那麼一兩分。這樣的天空，再配上拂面的冷風，其實適合用來漫無目的的走一走路，然後即興判斷，這座城市因為美麗而讓月光不小心摔進河道的次數。

因此和朋友吃過飯道別，他懷裡小心翼翼地抱著一瓶當地的紅酒，打算回到他租回來的小閣樓獨酌自飲——而我其實還真喜歡他投宿的那個地方。雖然樓梯特別陡峭，要是提著個大行李箱是怎麼都上不去的，可那樓中樓的迂迴，那站在玻璃天井下沐浴和梳洗的暢然，還有那一把門帶上就等於把自己完完全全在鬧市中封閉起來的深沉的孤絕，都是我喜歡的「如果一個旅人，在阿姆斯特丹」的處境設定——尤其閣樓上一大片面向鬧市的玻璃窗，只要用力把窗拉開，頓時就把窗口外的車水馬龍都招引進來，聽遊客們興致高昂地鼓噪著一座由水壩發源的城市本來就應該有的喧譁與活潑。我們甚至還一起在露天咖啡座上仰起頭，看見阿姆斯特丹人搬家，真的是二話不說，爽快地把大窗戶拉開，然後把大型家具直接從樓上用鋼鏈和粗繩吊著送到地面上——不管是一張床，一幅畫，還是一座梳妝台。

走在河道旁，朋友又重複問了一次，你確定？你確定懂得怎麼走回飯店去？我說，不怕呢，阿姆斯特丹怎麼說都比巴黎安全。其實我已經盤算好，沿著運河慢慢走，而且這會是很好的時機，讓我在蘇黎世買下的鐵灰色波點圍巾，可以圈在脖子上陪我走上一段路。一條新買回來的圍巾，不知道為什麼，我總會想方設法，讓它習慣我走路的節奏，以及我在冷天呵氣的次數，之後那條圍巾就會因為彼此培養出來的默契，跟我貼得牢牢的，不會轉個身又丟失了去。這當然不是什麼跟時尚相關的小迷信，純粹是一種穿著上的習慣而已。但我記得麥當娜說過，穿著黑色皮革短裙時，她從來不肯從樓梯底下經過，還有出門時若是看見黑色的陌生的貓打眼前走過，她也一定會更改路線繞道而行，而這背後藏著的，恐怕已經不是一種時尚迷信，而是一次痛徹心扉的經歷了吧我猜。

而夜色底下，閉起眼睛養神蓄銳的運河多麼安靜。我順著河道邊一路往下走，經過好幾家船屋，都停泊在隱蔽的運河邊，昏昏然就快睡了過去，彷彿打算就這樣一直睡到春暖草綠才醒過來。當中也有好幾家的燈還暖烘烘地亮著，船上人影晃動，船屋意態悠閒，我實在好奇，住在船屋裡頭都是些什麼樣的人呢？純粹貪圖異國情調而租住的旅客？在鬧市裡悠然見南山的藝術家？還是追求簡約，生活只求平淡不愛花紅柳綠的年輕伴侶？而夜裡的水道，褪去日間的驕氣，盡得一臉的清秀。

倒是白天千軍萬馬般停靠在中央火車站外專用停車坪上的自行車，成行成列地一輛挨著一輛，從來都是阿姆斯特丹最震撼的一帖城市標誌，夜裡竟一輛不留，統統都被主人領了回去。空蕩蕩的停車坪，看上去就像原本一幅轟然乍響的大型裝置藝術，突然之間被策展人撤了去，留下不知所措的場地，呈現出「不存在的存在」，十分之詭異——再怎麼說，阿姆斯特丹擺明是一座騎在自行車背上的城市，你人在街道上行走，總還是得時刻警惕著別阻礙了自行車道，好讓年輕彪悍的孩子們，一代接一代，不羈而霸道地踩著自行車，風一般從遊客的身邊呼嘯而過，留下一路撿拾不完的青春，以及一座城市永遠不會崩塌下來的，驕傲蠻橫的姿態。

結果在阿姆斯特丹的那個晚上，我遠遠地避開紅燈區，任由陌生的夜色由頭罩落，我還記得，當時我還是一個隨遇而安，到處飛，到處微笑，到處倒頭就睡，到處對每一個城市都彬彬有禮的旅人。當時我毫無預兆，並不知道原來際遇並沒有徵求我的同意，就悄悄修改了故事的情節和順次。我不知道我將會遇上一些人，我也不知道我將會明白一些事，我甚至不知道，我將會在命運的唆擺之下，漸漸對自己寬容，漸漸對沒有辦法改變的人與事巧言令色。很多時候，你親近過的一個地方，你走進去的一座城市，之後回想起來才明白，它其實用它自己的方式，給過你一些旅程以外的，溫和的人生提示。

佛羅倫斯。

Firenze

孔雀開屏翡冷翠

從沒想過我在佛羅倫斯的第一句對話會是這麼開始的。

六月，盛夏，在一座同樣也叫作聖馬可的廣場。我循著聲音，把頭轉過去，看見他把食指和中指夾在一起，然後挑起半邊眉毛問：「菸？」「太抱歉了，我不抽菸。」我回答。他聳了聳肩，低低地說了一句：「啊，那多可惜。」轉過身就走了去，眼神有一層很明顯的恍惚和迷離。

我望著他剪得極短的紅褐色阿兵哥頭，陽光一點也不客氣地潑下來，頓時他頭頂上好像被誰淘氣地撒了一把金色的糖霜似的，閃閃發亮，煞是好看。當然還有他像根柱子般粗壯的頸背，和那一幅寬闊得猶如一塊門板的背脊，一再地走漏義大利男人粗獷而原始的費洛蒙。

隨後我繼續坐在廣場邊的石椅子上，感受著陽光無所事事地往身上亂爬，心裡想的卻是：原來在佛羅倫斯，即便是廣場邊自願典當前程換取萎靡的流浪漢，他們咄咄逼人的天生俊色，以及不屈服於世俗的灑脫性格，絕對可以把T台上的時尚男模都給擠下來——長得好看，在這裡竟然是一件不需要太費力氣的事。

而這恰巧和我到佛羅倫斯看孔雀開屏的目的對應上了，我這一趟到佛羅倫斯，出席Pitti Uomo男裝展，擺明就是為了覬覦迂迴曲折的男色而出發，並且著著實實，見證了時尚型男們如何自負地像隻開屏的孔雀，每天都以截然不同的裝扮，刻意在最關鍵最多鏡頭駐守的入口處，緩下腳步，然後端出透過自拍神器日操夜練後，「鐵棒磨成針」的最上鏡角度，讓攝影師攝入鏡頭再貼上社交媒體招攬讚數，落力提高Pitti Uomo男裝周的高端時尚感和流行指標。

渾然天成的品味，本來就需要優雅的周邊環境，去成就這一場全世界最古老也最盛大的男裝時尚盛事。義大利人除了吃喝玩樂，其實也就只對一件事還算認真，那就是不肯辜負藝術——至於峰巒重疊的時尚，說穿了，不過是義大利人故弄玄虛的消遣罷了，只有藝術上的修為，才是佛羅倫斯得意洋洋，別在衣襟上的勳章。

擺脫時尚，佛羅倫斯的美，美在遠意茫茫，我仰起頭，望向聖馬可廣場上偉岸的雕像，發現廣場上雖然人潮如水，卻搖撼不了佛羅倫斯淵深而廣大的僻靜之美，因為佛羅倫斯太懂得在時間的空隙之中躲閃、藏身、設障，完好地保留一股隱隱然的藝術氣象。

有趣的是，在佛羅倫斯穿街過巷地行走，很快就發現這城市小巷子多，野鴿子也多，而難得夏季的好天好日和好光好景，廣場上經常見到腋下濕了一大圈，臉孔如雕塑般精緻的少男騎著單車呼嘯而過，他們就像橄欖樹林旋過的一陣風，把青春的流光，跳躍著延展和擴散出去。而故作嫻靜不敢讓美麗太過張揚的女孩們，她們幾乎都不可思議地綺色佳媚，也不可理喻地孤芳自賞，而過分精緻的五官，根本就是她們對世界的問候語。

在佛羅倫斯的那幾天，我來來回回，也走了好幾趟那一座落在市中心的著名老橋。尤其剛剛抵步的那個晚上，帶著對一座素未謀面的城市新鮮的好奇，試探著，摸索著，一邊踩著腳底下被歲月打磨得讓人差點腳底一滑的石板，一邊納罕著，都快九點鐘了，怎麼那天色總還是不肯暗下來？然後一邊穿過懸吊著鐵皮街燈的老樓牆，七彎八轉，轉到夜色終於從天而罩，於是在窄窄的月色底下，望著河面波光粼粼，以及落在河裡瀲灩而完整的倒影，竟然也慢慢摸熟了返回飯店的路線。

而佛羅倫斯的橋，千姿百態的，還真不少，每一座橫在眼前的橋，看上去都宛如插在佛羅倫斯頭上的一支精巧的髮簪，澶漫悅目。尤其眼看著夕陽就快在橋面上沉落下去的一瞬間，那迴光返照般的美麗，讓人禁不住願意原諒生命中所有大大小小不盡人意的惆悵和遺憾——

遺憾什麼呢？遺憾但丁在佛羅倫斯的聖三一老橋上遇見了比雅特麗絲，就算從此天翻地覆魂牽夢縈又如何，終究還是沒得走在一起；遺憾生命太長，良辰太短；遺憾相遇太快，永遠太遠；遺憾來不及曾經，卻已經曾經。

結果我穿過小徑，給自己找了一張面對聖三一老橋的鐵椅子，坐了下來，並靠著椅背，把身體微微往後一傾，竟透過這一個獨特的視角，發現橋邊的每座建築物，都孤傲地往不同的方向傾斜過去，把美麗當成遺囑，順著就快墜落河面的夕陽，在彌留之前，狠狠地，又再美麗了一次。

很多時候，生命總是不著痕跡地透過一些景色一些人，提示你人生的起伏與轉折，當人生漸漸走向隱蔽的下坡路，總是見到夕陽，總是錯過晨曦，生命的玄淵，總是有意無意，如影隨形。人生走到了那裡，就該學習和什麼樣的風景相依。

我當然沒有忘記，我從酒店打車到博物館，司機英俊得好像剛從天橋上走下來的男模，他說：「你真幸運，這樣舒爽的天氣，在往年的六月是不曾有的。」但他不知道，陽光太從善如流，雲朵太活潑過動，這樣的佛羅倫斯，就其實不那麼「翡冷翠」了。而且他一定沒有讀過當年的徐志摩如何被佛羅倫斯所驚豔，並且寫了〈翡冷翠山居閒話〉，其中有一小段，是我念中學時就讀過，卻要等到現在才明白下來的——「在這春夏間美秀的山中或鄉間你要是有機會獨身閒逛時，那才是你福星高照的時候，那才是你實際領受，親口嘗味，自由與自在的時候……」

倒是後來，從佛羅倫斯回來好長一陣子了，心裡念想的，卻始終是暮色即將四合，所走進的那一座名叫Lumonaia，被濃蔭古樹和高牆冷窗緊緊圍繞著的古堡：安靜，湮遠，深幽，完完全全和「翡冷翠」這一個名字，形神合一。而佛羅倫斯就算不叫翡冷翠，也還是一座美麗的城市。

米蘭。

Milano

買枝香檳玫瑰吧，先生

從餐館出來的時候，氣溫又跌了好幾度，我連忙抽出圍巾，將頸脖繞得緊緊的，卻還是禁不住冷得直打哆嗦——而那原本因時差而泛起的睡意，霎時之間都被趕走了。二月的米蘭，入了夜出奇寒冷。車子來了，我趕緊拉開車門，打算矮身鑽進車裡，而他突然像枝短箭，飆射而出，攔在我面前，「買幾枝玫瑰吧先生，全都是剛從枝頭上剪下來的，買幾枝送給漂亮的小姐們吧，是歐洲才有的香檳玫瑰呢。」

我嚇了一跳，然後轉過頭，恰巧和他打了個結結實實的照面——我從來不知道，原來吉普賽人黝黑的臉上，竟同時藏有一雙混著琥珀綠和橄欖藍的眼睛：異常地詭異，異常地靈動，也異常地風塵僕僕，彷彿裡頭有一個就快承接不住的神祕故事，隨時就要滾落下來。結果還是司機走了過來，壓低聲音說了幾句，就把他給打發了去。

可一直到現在，這麼多年過去了，他轉身離去的那個背影，我一直都還會記起，甚至會記起他穿的那件墨綠色的風衣，在暮色四合的清冷街道上微微揚起，又微微垂落，像一面憔悴的旗子，心事重重地掛在杆子上，等待另一陣風起。

因此到今天想起米蘭，我想起的，全都是人——美麗的人，時尚的人，以及有故事的人。他們即便頭也不抬地捧著一杯熱咖啡從街角轉過，那電光與火石之間，就已經是一頁雜誌上才看得到的美麗畫面，都美麗得那麼理直氣壯，也都美麗得那麼理所當然——所以我常對伙伴們說，到了米蘭，看人，其實才是最重要的行程。而平時不畫畫的人，看見那些美麗的人左穿右插，川流不息，也禁不住在腦海裡打起素描。

可如果再回到米蘭，我知道，我的身分將完全改變下來。不再是一個時尚編輯，單單純純，恢復一名帶著幾分警惕的遊客，一個人站在米蘭主教堂的廣場上，看著鴿子飛下來再飛回去，然後不斷拉實隨身的斜肩包——米蘭的扒手和巴黎一樣，都年輕，都活潑，都秀色可餐，都看起來毫無機心，以致防不勝防，常常可以假裝不經意潑你一身咖啡或甜蜜地遞給你一筒免費試吃的雪糕，甚至走過來向你兜售一枝玫瑰之後，扒走你背包裡的皮夾現金護照和相機——而那些扒手，很多都長得跟天橋上的模特兒一樣，有著驚心動魄的美麗。

但在歐洲，可能沒有另外一座城市會像米蘭那樣，那麼熱衷於時尚，那麼眷戀於風華，把時尚當成生活的場景和日常的軸心，而我粗淺地匆匆到過三次也僅是兜了個轉的米蘭，除了時尚，真正能夠吸引我的，其實還有什麼？

我記起第一次到米蘭出席時裝周，被安排進到後台，看見美國超模Angela Lindvall在化妝，她臉上冰冷冰冷的，一絲笑容都沒有，而當時正替她暈開眼妝的正是後來叱咤彩妝界的彩妝天后Pat McGrath。那個時候的Pat多年輕啊，滿眼溢開來的全是真心誠意的笑意，耐心地向時尚編輯們講解她選用的唇彩和眼影如何跟時尚設計師的時裝在天橋上碰撞和結合。

而Pat那時候的野心再大，也應該還沒想過將來會創立自己的彩妝品牌吧？並且還賣得比許多大集團的彩妝品還要火還要紅。而Angela間中抬起頭，深邃的藍灰色眼珠，美麗得像一隻狐狸，然後她突然開口問，新加坡和馬來西亞是同一個國家嗎？她說她只去過香港。我聽了微微一笑，在歐美人的印象中，所有的亞洲國家其實都大同小異，所有亞洲人的長相也幾乎就一個樣。

我也在米蘭見過那時候廿歲不到的Karlie Kloss，長得實在高挑，至少有一百八十八公分吧。我當時看著一群模特在後台化妝弄頭髮，她卻已經準備妥當，氣定神閒地遠遠站在一角，拿著一本小說，手裡還抓著幾顆葡萄，小心翼翼地送進嘴巴裡，擔心弄花了口紅。而那，應該就是她的午餐了吧。那時候的Karlie壓根兒還沒走紅，只是被《Vogue》評選為最值得期待的明日超模，她微微地側著頭，看書看得很專心，細長的天鵝頸，像一幅美術館裡的畫，遠遠看上去，十分賞心悅目。

還有一回，在趕往下一個秀場之前，我一時興奮得緊，匆匆對伙伴交代一聲，即快步越過馬路，就因為正巧瞥見被稱為「時尚巫婆」的Anna Piaggi正持著拐杖，頭上戴著她最具標誌性的七彩高帽子，正在對街慢行，準備離開趕下一場秀去。我禮貌地詢問：「安娜女士，我可以給妳照張相嗎？」她和藹地笑著點頭，然後也問我打哪個國家來？我告訴了她，她一樣搖搖頭說，我只知道曼谷。

但我真心喜歡她。喜歡她貫徹始終的奇裝異服。喜歡她對潮流不留情面的嗆辣評論。也喜歡她雙頰永遠塗抹著兩圈搶眼的腮紅。身為《Vogue》義大利版的時尚總監，她的衣著品味和時尚概念影響了許多時裝設計大師，紛紛要求和她展開跨界合作，即便在她逝世之後，也依然將她視為永遠的創作繆斯。我永遠記得Anna的助手扶她轉身的畫面，她面對喧鬧的人群和米蘭秀麗的街道，像一道紫雲般投射金光，那神態既高傲又落寞，我看著看著，竟一時走失了神——

所有歡快的時辰，因為是借來的，所以總是特別短暫，就好像臨到旅程尾端，因為對一座城市開始生起依戀，漸漸有點捨不得這麼快就要走，想要留下來，多看一些，多和這座城市發生一點點曖昧，而因為這些風流的人物，我願意再回去米蘭，東張西望也好，散步蹓躂也好，喜歡上一座城市而其實對它了解不深，這樣的喜歡，一本好奇一半懵懂，常常因為愈神祕的，愈是還沒有完全拆解開來之前，愈是讓人魂牽夢縈。

慕尼黑。

München

天使的斗篷

（然後日子薄了，然後月亮瘦了，然後曾經手忙腳亂的青春，到頭來不過是一張斜斜地掛在玄關上的畫，無動於衷，美麗著當年呼風喚雨的美麗。）

——狗狗的主人恐怕是廣場上最年輕的遊民了吧我猜。他穿著亮橘色的冬衣，把連帽領子提了上來，濃濃的眉毛底下，明顯有著澆潑不熄的憤世與嫉俗，彷彿隨時準備跳起身來，反手扣實命運的喉嚨，一拳拳還擊生活對他施予的百般刁難。

春末了，但陽光明媚的慕尼黑還是寒意逼人。我瞥見他緊緊反鎖著的眉頭，可再怎麼鎖，也鎖不住他那一臉凶猛的俊色，然後他利落地彈起身，捲起鋪在地面上色彩暗沉的毛毯，再順手抄起擱在地上等候路人或遊客隨喜扔下幾個零錢的帽子，轉過身，對狗狗吹了一聲口哨，就頭也不回地穿過巷子，沿著維多利亞廣場的教堂走了去——

其實讓我動容的是搖著尾巴緊挨著他的那一頭髒兮兮的灰褐毛髮的狗，雖然牠看起來多少有點疲倦有點憔悴有點無奈，可是只要亦步亦趨地貼在主人腿邊，我願意相信，再刺骨的寒風，對牠來說也是春天，而牠的天涯，一點都不遠，一直就在他腳邊。

當然慕尼黑比蘇黎世調皮多了——到處都是欲拒還迎的綠眼睛，到處都是危機四伏的音樂與酒精，我推開飯店玻璃門往右走，在暮色遲遲不忍心罩下來的黃昏拐進一條橫巷，因為飯店前檯告訴我：「聽我說，到那條橫巷看看去，喝不醉的啤酒，停不了的音樂，城裡最美麗的人，每個晚上都窩在那裡。」於是我穿上棗紅色印著獨角獸的毛線衣，雖然我不怎麼喝酒，雖然我不打算打開自己去認識誰，但我不介意偶爾找個藉口小小地醉上一小回，尤其當人們都只把你標籤成遊客的時候。

可不知怎麼的，總共就那麼幾條複雜的橫巷，我竟還是硬生生地迷了路，並且開始流連於迷了路的小店和小店裡的小資風情，並且一個不小心，就給自己買了一枚戴上去就像在手指間布滿了蜘蛛網的巨型戒指——

於是我想起有一年我們在倫敦蘇活區一家專賣懷舊雜誌與唱片的老店裡碰過面，你站在店外敲著玻璃對我招呼，那笑容一絲一毫沒有改變，燦爛得讓我當場鼻子發酸，我好像這麼告訴過你的是嗎？時光就像一眼老井，用晶亮的青石疊疊而成，最終卻被埋在荒蕪的廢墟裡，而井裡頭的水，因為太久太久沒有被搖上來，漸漸地就硬了，即便你俯下身朝井底大聲呼叫，井裡頭的水，漾也不漾，對什麼都再也提不起勁，然後慢慢地、慢慢地就枯竭了，就掩埋了。

人生的際遇不也是這樣嗎？兩個人走在一起，遇到岔路要拐彎了，就把其中一個從背上甩下來，總歸要各走各的，總歸誰也顧不上，命運唬弄了誰又怠慢了誰。

我們都明白，人生總有太多的身不由己，有時候一度相知相惜的人漸漸走遠了，漸漸生分了，也實在沒有必要氣急敗壞地再去追回來。疏遠也是一種尊重。失散，也其實值得珍惜。尤其是相遇是多麼地不容易，真的真的不容易，曾經你在，曾經我們那麼自在，也就是生命裡曾經春風撲面，一頁和暖的記載。而奇怪的是，我總是在客途上對周圍的環境微微感到不安的時候想起你，想起我們也有過的花團錦簇的記憶，想起我們之間的似有還無，想起我們曾經是彼此心裡頭牧童遙指的那一座杏花村——於是我站起身，慕尼黑下雨了，夜開始一寸一寸地加深，可那些面如桃花的年輕人，他們的青春還是滾燙的、熾熱的、雷電交加的，稍微靠近過來，還是動不動就會灼傷人。

而離開慕尼黑的前一個晚上，我跳上小巴到臨近的下城，聽說城裡有個古老的嘉年華，我避開喧鬧的攤位和雀躍的人潮，給自己找了一張面對一座教堂的長條鐵椅子坐下來，身邊恰巧有個戴著禮帽的老紳士，安靜地坐著吃完一份長長的豬排三明治，然後站起身，稍微整理他體面的靛藍色長風衣，轉過頭和藹地向我點一點頭就離開了——那時候天其實還沒有全盤暗下來，我透過光禿禿的枝椏，看天色蒼茫，看教堂邊上握著提琴的古銅雕像，看天使穿著斗篷在教堂尖頂上飛過然後留下的尾巴，看遠處有人穿著神祕的大圓裙在原地旋轉，看自己坐著的綠色鐵椅子上的影子——然後一動不動地坐著，好久，好久，把那一夜的景色攬進懷裡，一直都捨不得，站起身離開不知道什麼時候還會再遇上的，這樣的距離，這樣的時光，這樣的一把椅子。

沒有天鵝的天鵝堡

然後我走出城堡，拐到前院販賣紀念品的台階上坐下。而這麼巧，雪就在這個時候飄落下來。我聽見那群年輕的小伙子在背後興奮地用又急又快的德語叫嚷，那我們就不坐馬車過去路口了，反正時間還早，這雪也不大。

雪的確不大。但那天氣，優柔寡斷的，顯得有點嬌氣，即便日正當空，天鵝堡還是比我想像中還要寒冷，而這時候如果有杯咖啡多好，捧在手心，至少兩隻手暫時是暖的。於是我想起從慕尼黑乘火車上來的時候，車廂裡年輕的、像個大學講師的父親撕開巧克力棒遞給他那明顯過動的兒子，然後知道我專程上山看古堡，就隨口擱下一句：「除非你特別喜歡皇室那些金燦燦黃澄澄的擺設吧，否則你頂多花個把鐘頭就下來了——另外得提一提你，先把火車的班次查清楚，今天天氣回冷，在露天月台上等火車一點都不好玩。」我一邊點頭微笑，一邊挪了挪身子，提防著他那眼珠子比翡翠還要綠的兒子，正調皮地又把小小的腿往我身上亂踹，也一邊把他善意的提醒全都領了下來，塞進口袋裡。

果不其然——下山的時候，我和兩位膚色白皙、面目姣好、即便自助旅行也堅持在穿戴上一點也不馬虎的韓國女生，一同站在就只有一片玻璃瓦片遮頭的月台上候車，那冷風之尖利，就算我們裹實了外套，不斷舞動身子企圖生暖，還是覺得那一股透心冰寒，好似非要把人冷得穿腸破肚不可。而對於那一份錐心的冷所引發的反應，我突然明白過來，這其實是大量儲蓄「情緒記憶」，把面對寒冷的情緒模式預先儲存下來，將來總有那麼一天，落在同樣的天寒地凍裡，這情緒就會在記憶隧道自己蹦跳出來，開啟一些曾經經歷但甚少機會溫習的過去——

所以從慕尼黑沿路兜著上去沒有天鵝的天鵝堡，風景還是其次，古堡內的浪漫主義和德國人的倨傲本質也都是其次又其次，我就只是單純地希望坐上一趟將來會在記憶裡安安靜靜地滑過的火車，把沿途見到的圖像、聲音、味道和人群，統統將它們結合在一起，組合成一種新的關係，然後勾兌出新的情緒，積累新的記憶。

上山朝古堡前進的時候，我心裡特別清楚，中古藝術，往往具有特別強悍的催眠元素，而且是將集體性、宗教性和幻覺性調混在一起，因此天鵝堡內所有的夢幻場景，背後都有著一定程度的催眠企圖，而我其實已經準備好適度地開放自己，看它能把我帶到什麼樣的催眠層次——但因為時代的隔閡，因為年代的距離，有好些富麗堂皇的奢華場景，以及鏽跡斑斑的時代背景，我到底還是融合不進去，最主要還是因為無處不在的貴族自豪感，阻斷了我的審美判斷力。

何況這城堡實在太老了。這麼老的城堡，自然有它自己呼吸的頻率和它怎麼把故事的真相匿藏起來的本領。我仔細打量那間據說當年是國王的更衣室兼音樂室的小房間，薄弱的陽光正好照射進來，我聽著導覽認真地講解，竟彷彿看見路德維希二世國王在接見大臣們時，神色凝重地端坐在這房裡的小小的木雕椅子上，思考著是不是應該把呈遞上來的「皇帝詔諭」簽妥，好讓威廉一世可以平步青雲，當上德國皇帝。

而我凝望著每個房間都裝飾著的慕尼黑寧芬堡所製作的奢華瓷器，以及一大幅繪在牆壁上，以日爾曼民族傳說為主題的濕壁畫，還有舊天鵝堡內幾乎十四個房間都擺設著姿態曼妙、神態怡然、路德維希二世國王最鍾愛的天鵝雕塑，漸漸就把整個時代的輝煌和迂迴，都串連起來，甚至突然就聞見當時城堡裡特有的香味，也聽得清清楚楚，當時誰和誰在對話，以及大家都侃侃地訴說了一些什麼，那一種完整性和清晰度，常常會把自己給嚇著了——後來就算時隔經年，明明已經將自己嵌入熟悉但沉悶的生活軌道，但我一直記得，我從沒有天鵝的天鵝堡下來，雪細細落下，薄薄的陽光慵慵懶懶地照在瓷磚搭成的屋頂，那一趟旅途所遇見的，以及無意之間將眼界打開的，總有一天會以它自己的方式倒回來，教會你一些事，或者專程回來幫你跳過一個莫名其妙的難解的感情的劫數——

我回過頭去，看著立在半山的天鵝堡，它宛如雕塑般的質感，已經不是僵硬的古跡，而是可以通靈，可以把人們領進數百年前的傳奇場景神遊的途徑，甚至讓你在日子最淒冷的時候，暗示你應該將過往的記憶，丟進焚化歲月的壁爐，嘭地一聲，蹦出一把碧綠色的焰火，讓灰燼，掩蓋灰燼。

墨爾本。

Melbourne

樹林中的垂釣者

墨爾本並不是一個讓人意猶未盡的城市。當然我的判斷很可能是錯誤的，因為我也就只到過那麼一次。而且那一次正當入秋，車子從機場開出去，一路往後退開的樹林，雖然也還沒到蕭瑟的地步，但樹上的葉子，卻明顯有了意興闌珊的意思，尤其那葉子上的焦黃，誰都看得出來，全是新近才甘心被染上去的。

前一陣子吧，和兩位在臉書上漸漸熟絡起來的朋友匆匆見了一面，因疫情的顛簸起伏，一位隔了兩年才得以從紐約回來探望母親，一位則伺機行動，隨時準備持著居民身分回到紐西蘭，見見兩位在那落地生根的兒子，他們都說，開放後買張機票飛過來吧，紐約也好，紐西蘭也行，其他我們都給你安排。

我從來不屬於交遊寬闊那一掛，身上僅有的社交功能，都用來應付工作，雖然平素還是會把值得交的朋友端在心上，卻終究還是能不見就不見，一直都習慣在適當的距離當中，丈量著人與人之間的交往，要怎樣才算得體。

因此我特別容易被朋友們的熱情所感動。於是都說好，都說想到紐約和紐西蘭看看去，即便去不去得成到頭來還是個未知數，重要的是他們的心意，他們的誠懇，我全都小心翼翼地收下了——雖然我知道，紐約對我釋放的費洛蒙，遠遠要比紐西蘭剽悍得多，我猜我應該會喜歡紐約的節奏，喜歡人在紐約，無時無刻都得把觸角豎起來面對各種文化衝擊所反射的焦慮和刺激。

至於紐西蘭，紐西蘭則是另外一個主題了，比較適合散步，比較適合走進一大片厚厚的久久不肯散去的霧裡沿湖走一圈，然後在凝視風景的同時，也一片一片撿拾，曾經被歲月辜負的夢想——並且，紐西蘭偶爾會讓我想起顧城在激流島揮斧砍殺妻子謝燁後自殺的悲劇，一種朦朧的悲愴與暴烈。

而墨爾本，墨爾本顯然是座動靜皆宜的城市。熱鬧有時，嫻靜有時，但我看到的，是它靜的時候比動的時候多，也不知道為什麼，在某種程度上，我很自然地就把它和紐西蘭聯想在一起。現在細想，旅程中特別叫我印象深刻的，其實是參觀了Aesop在一處僻靜郊區的總公司，我記得車子停在外觀方方正正，意外地利落，也意外地簡樸，並且用的都是安藤忠雄般，以水泥為基礎的雙層樓房的時候，我的嘴角沒來由地就揚開來，因為這根本就是我想像中Aesop應該有的樣貌和氣質。尤其歡喜的是，它不在鬧市中炫耀它的簡樸，而是將自己隱在工業區，和附近的建築很自然地融合在一起，完全吻合了我認知中的品牌對理念的執著：得體的美學意識，執拗的社會意義，以及絕對的文化輸出。

我更是一直沒有忘記，在我上樓之前，正巧瞥見一位穿著「灰綠色」風衣的男人靠在一堵紅牆上，從口袋裡騰出一隻手來給自己點一根菸，那畫面之悵然，以及那顏色之嗆烈，像一隻滅了聲的槍，朝向天際憑空一射——而那一瞥，就瞥成了一張我從此印在心裡，關於墨爾本的明信片。並且我一直都堅持把他身上的那一件風衣的灰，形容成「斷腸灰」，那是我後來一直都沒有機會再遇見過的顏色。

甚至後來，我們被安排坐在乾淨得沒有半絲設計過的痕跡的會議室，聽品牌總監像老久不曾碰面的朋友交換近況般，聊起品牌以「伊索寓言」為啓發的哲學精神追求，以及品牌堅持不隨波逐流，只用沒有設計感的棕褐色瓶子和黑色標籤做為辨識，並且在每一季新品的推出，都以一則哲理箴言做為品牌文化的軸心，而不是以商業行銷為目標的內涵——他漸漸地，就像在誠懇說一段故事似的，把澳洲人專注而深刻的生活態度，都精微地植入品牌理念當中，然後任由它周遊到世界各個角落。

而且我記得，那一天的午餐我們並不是被帶到一般品牌公司一定會選擇全墨爾本名氣最頂尖消費最昂貴的餐廳，而是一起和員工們走下地底層，在Aesop員工的休憩室坐下來，和員工們一起享用簡單但絕對對應Aesop品牌精神——由內滋養，保護環境，從容生活的綠色蔬食。

所以若你問起，我想我印象中的墨爾本總是遠離喧譁的，總是帶一點點與世無爭，我還記得品牌給我們安排的城市半日遊，不是把我們帶到城裡最熱鬧最奢華最時尚的市區，而是帶我們參觀一場在樹林裡的藝術中心舉行的畫展，更意外的是，那畫展竟然不是當地藝術家的前衛作品，也不是世界名畫或威名顯赫的巡迴展，而是布展布得十分嫻雅的綠色主題展，我甚至還發現馬來西亞一名長駐浮羅交怡的女畫家，她畫的膠林裡的高腳屋也參與了那一次的展覽，只是她的名字我硬是記不起來了——

然後我們一邊沿著半圓的展覽廳看畫，一邊躡著腳步，聽自己老惦掛著繁華鬧市的心，逐漸地平緩下來。而一扇又一扇，雕著花紋的鐵窗都向外敞開，我聽見林子裡的風聲呼嘯，樹葉們於是沙沙地齊聲回應。隨行的公關艾麗絲遞過來一盒點心和一小壺溫熱的咖啡，告訴我們如果我們願意，可以到樹林底下找個喜歡的地方坐下來慢慢喝，墨爾本的秋天很美很美，而且她還眨了眨她那一雙「天，睫毛怎麼可以那麼長」的眼睛說，這樹林夜晚可熱鬧了，天冷的時候，常有寂寞的男人鑽進林子裡來，給自己找一個臨時用來暖身的同性伴侶——就像一個寂寞的垂釣者，到樹林中垂釣另外一個人的寂寞。

我倒是忘了隨口追問，撇開常年無休的文化體驗和濃厚的藝術氣息，都說墨爾本是最適宜居住的城市，而墨爾本人，是不是都習慣了寧靜與悠閒，所以比其他城市的人更容易抵抗寂寞？還是，即便浮花浪蕊竭然凋零，他們其實另有一種嫣然而至的風流，恰恰是我們察覺不到的？

日本。

Japan

俊色清揚，秋光侘寂

他下了車還特意扭過頭來，向我們揮手致謝，那神情特別靦腆，看上去多麼像一樽淺藍色的細身琉璃水瓶，真高，真瘦，我差點就要用楚楚可憐來形容他了。然後他用手背拂開頻頻刺進眼睛的瀏海，轉個身就進了站——不知道爲什麼，我老覺得男孩子留點瀏海好看，有種滿腹心事的樣子，彷彿故事剛剛要開始，又彷彿故事根本已經結束，留下一圈又一圈，漣漪一般，青春的懸疑。

但我要說的其實是他那雙風塵僕僕的牛津鞋——鞋子有點舊，鞋身都殘破得微微張口了，可那淺淺的駝色，被歲月浸潤得剛剛好，像一個讀過很多書走過很多路，步入了中年一雙眼睛炯炯有神的紳士，所有張揚的氣勢雖然都被收斂了起來，但你知道如果他開口說些什麼，你基本上都會願意去聽。

我記得有一年吧，被邀請到倫敦參觀某個名牌的製鞋廠，製楦的師傅幽默，一邊用銼刀打磨鞋楦的內模，一邊意味深長地說：「鞋子本身有它自己的脾性，穿得夠久，默契夠深，它總會出奇不意，把你帶到你其實一直想要到的地方。」我聽了，揚起眉毛抬起頭，正好跟師傅交換了一個海洋一般遼闊的眼神——怎麼不是呢？人生長長短短，所有好的壞的，很多時候都必須低下頭繫好鞋帶走出去，該發生的事情才不會荒蕪，該遇見的人才不會辜負，該掉下的眼淚才不會乾枯。

於是我問他：「像你這種年紀的日本男孩，不是都應該穿名牌高筒運動靴的嗎？」他禮貌地笑了笑，不置可否，努力用破碎的英語回答，「也不一定。我喜歡舊物。這鞋子二手市場買的。我穿兩年了。就三碗拉麵的價錢。」然後化妝師退開一步，側著頭打量了一下，決定拭乾淨剛剛替他添上去的眉色，喃喃自語：「已經這麼好看的一張臉，乾乾淨淨就好。」我想起《詩經》〈鄭風．野有蔓草〉裡頭有一句，「清揚婉兮」，用來形容女子容貌之美好，原來用在他身上竟然一點都不過分。

可後來他一直都沒有大紅。也一直沒有像我問他「有沒有想過到巴黎」而他笑著抿著嘴巴回答說「想」。結果所有我們認為理所當然會發生在他身上的終究沒有發生——我只記得，我後來在「優衣庫」其中一季的廣告中看到他，他還是那麼地瘦弱，那麼略顯病態的俊秀，還是那麼地，一雙眼睛望過來，鬱鬱寡歡，眼神裡盡是欲言又止又遲遲不肯轉身離開的秋天。而模特兒的事業，壽命就像熱帶的花，花期本來就不長，你要不一開始就生如夏花，轟轟烈烈地燦爛，要不就漸漸地靜如秋葉，背轉身，形單影隻，退到繁華以外的郊野蜷縮起來等待枯萎——歲月對長得好看的人，也不見得就特別溫和，反而相對地更為嚴苛，只是我們都不知道罷了。

而那一趟我們拍攝的地點恰好在東京的Happo-en，八芳園，據說這座古樸的日式庭園，裡面住著一棵五百歲的松樹，潤亮軒昂，莊嚴得像一幅畫，如果運氣夠好，碰上櫻花盛開的時節，那櫻花還會一串一串地垂下來，打在行人臉上——我們穿過竹林，穿過錦鯉在水裡歡騰竄游，並且魚比水還要瀲灩多姿的池塘，我記得攝影師專心調取角度時在池塘邊滑了一跤，差一點就要連人帶機給摔進池塘裡去的時候，他在居高的小徑上看見了，急忙丟開擺好的神情和姿勢衝著過來，一整張臉上都掛著受了驚嚇的表情，就好像小時候看見淘伴闖了禍，把自行車騎進鄰家大嬸種滿九重葛和養了好幾盆蘭花的花圃上，於是急忙飛身撲過去企圖把淘伴攙扶起來——

也就那一刻，我多麼希望他的純真會被時間的網給過濾住，不要那麼輕易地變得老練世故。就好像這座「八芳園」的庭院，再深，也深不過池塘邊的水亭裡爬得滿滿的都是深情的藤曼——清貧嫻雅，閒寂淡泊，常讓我想起日本人崇尚的「侘寂」，適時拂去草庵上的塵芥，在素樸中體驗清淨無垢的世界。後來挑選照片，其中有那麼一張我格外喜歡，他站在連接到庭園小徑的玄關上，半低下頭，瀏海剛好遮住了他那兩隻盡是秋天的眼睛——風沙滾滾的青春，隱隱約約的遺憾，歷歷在目的曾經，他站在別人站過的迴廊，溫習別人溫習過的忐忑，而所有的想念，總是像一場詭異的過堂風，事過未必情遷，留下來的，是比空蕩更空蕩的空蕩。

我其實想找個機會對他說，我很高興我後來終於念對了他的名字，Shintaro Yuya，當我用生澀的日語小心翼翼地發音時，它就像一句被嚴謹恪守的箴言，在舌尖驚起，然後慢慢地垂下，就像每一個曾經住進我們心裡的名字，歡情有時，憂傷有時。

斯里蘭卡。

Sri Lanka

天涯太遠，先到海角

應該是從斯里蘭卡回來之後吧，世界於我，彷彿又更開闊了一些——並且漸漸地知道，有些地方本來就應該這樣，眉眼看上去有點怯懦、有點羞澀，卻不全然是因為被時代微微地拋落在後頭，而是它本來就不習慣大鳴大放，像個小家碧玉，兀自美麗著它遠離凡塵的美麗。

尤其今年，斯里蘭卡的春天感覺上好像特別地短，不單單宣布國家破產，並且總統和總理雙雙退下位來，於是局勢動蕩，於是街頭暴動，於是民不聊生，大家都被勸說，暫時還是不到錫蘭吧，那地方眼下太危險了。

可這和我印象中的斯里蘭卡是不一樣的。我當然也在當旅客的時候瞥見過斯里蘭卡的窮困與破敗，並且在促進旅遊發展的強光燈隱惡揚善的照射下，所有被記下來的，盡是它素樸的美麗，以及一直沒有忘記，他們都說，它是懸落在印度洋最美的一顆淚珠——淚珠的另一個含義，你應當明白，除了憂傷，還有卑微，以及宿命。

後來和朋友在郵件上提起錫蘭，第一個閃過的畫面是：海上火車從我面前開過去，轟隆轟隆，在南亞熱帶某個尋常的午後。而那火車，其實很舊很窄，也很擠很吵，我並沒有在火車上，火車開過海面的時候，我們一群人正坐在面向海的店鋪，有點狼狽但相當興奮地吃著斯里蘭卡著名的螃蟹——

天氣真熱。那熱給我的感覺就好像有一盆火，在腳底下劈里啪啦地燒開來，我必須不斷舞動雙腳來驅散那一份灼人的溽熱。而店裡由始至終只有風扇呼呼地在轉，我們從狹窄的樓梯爬上去，整個二樓的木牆上油刷的，是一大片讓海洋尷尬的人工藍，我們坐在二樓唯一的長桌上，剛好可以看見蔚藍蔚藍的海，在我們面前慵懶慵懶地，和熱乎乎吹過來的風閒話家常——我記得我喝了兩瓶冰可樂和一大杯冷水，說了很多不著邊際的話，然後火車開過去之後，我呆呆地看著那片海，只覺得那海突然就安靜了，並且安靜得彷彿有點心事重重的樣子，我彷彿覺得，我開始有點瞭解它欲言又止的蔚藍和美麗。

當然我也看過海上火車，還有《千與千尋》的故事。鋥亮的火車頭撥開海面的浪，無臉男和千尋安靜地坐著，音樂響起，憂傷落下，一片又一片，多麼地似曾相識，並且總會有那麼一片，如果不是你的，那就是我的故事，在別人身上重複著。可真正的海上火車其實很瘦弱很簡陋。就連那紅，也是歷盡滄桑，欲蓋彌彰的紅，只是因為它剛巧貼著海岸線奔馳而過，於是看上去就好像在海上開過去似的。至於火車上的乘客，我看見他們木著臉，有些把大半個身子掛在車廂外，笑容很少，都風塵僕僕，都前途茫茫——

也不單單只是火車上的乘客，很多因為準備後來和我們告別而遇見的人，其實不都是這樣嗎？只陪我們走一段，終歸還是要抓著票根依站下車，終歸還是要在離開之前，依依不捨。但我們都明白，海天一色太美麗，那美麗不會是我們經常可以見到的景色，這世界多的，只是草率的過程，而不是完整的結束。

我後來更常想起的，是斯里蘭卡那一隻不斷隨著音樂起舞的大象。他們把牠的四條腿都鎖上了鐵鏈，然後牠一直目無表情地在原地抬腿、搖頭、踏步，一直一直，不停地重複——領隊誇牠特別聰明，只要音樂一響，就會搖頭晃腦地跳起舞來。可我看見的，其實是那大象呆滯的雙眼，以及牠已經非常疲憊的身軀，隨時準備倒地不起。我甚至懷疑，牠會不會就是坊間眾說紛紜，說是被餵了藥，並且專門安排在熱門景點附近，跳給遊客們看的。

而我猜想牠背後操控的人可能誤會了，並不是每一個遊客都喜歡看見被扣鎖著四隻腿的大象在跳舞，也不是每個遊客都喜歡到大象孤兒院去，看大象在工作人員用長鞭和帶刺的長棍追打和驅逐之下，一大群都擠到河裡表演大象洗澡——我尤其記得，那隻跳舞的大象，就安排在市區一座著名的佛寺對面的停車場，不間斷地聞歌起舞，跳著、搖著、疲憊著，等待遊客向守在現場的攤販購買水果給牠打賞，這樣的旅遊招徠，我嘆一口氣，分明是剝削，是虐待，是迫害，根本就不應該被推廣開來。

但斯里蘭卡終究還是美麗的——只是美麗背後的窮困，在它正式宣布破產之前，已經隱約讓人暗地裡替它的前程憂慮。還有一幕我一直沒有辦法忘記的是，我們一行人午餐後準備離開著名的南印度餐館，一站到路邊等車子開過來，即刻就被一群帶著香枝和花環的小孩湧過來圍堵，不斷地貼近來兜售，我還來不及反應，領隊就一個箭步閃身而出，凶狠地叱喝著要他們馬上離開，並且用力扯開有個小男孩抓著我的斜肩包不肯放的瘦削小手，我看見那小男孩睜得大大的、寫滿失望的兩隻眼睛，不斷向我瞟過來。

另外就是在市區觀光的那幾天，飯店特意安排了十幾個年輕的小伙子拉著輕便的電動人力車，好讓我們體驗坐上當地「嘟嘟車」在市區觀光，而拉車的幾乎都是年紀很輕的小伙子，一看見遊客就綻開毫無心機的笑容，而在他們黝黑的臉上閃閃發亮的，是他們的畢恭畢敬，以及他們的老實和誠懇，你只要告訴他們目的地，他們就會高興地呼叫一聲，隨即啓動車子呼嘯而去，而且他們總是費盡心機，將車子擦得乾乾淨淨，每一輛都裝扮得像台花轎似的，用廉價的花串，裝飾他們把遊客當上賓款待的真心，我坐在車裡抬頭一望，往往望見的，就是年輕車夫白亮的牙齒和歡暢的笑容，當時的他們，應該不知道也應該預測不到，國家怎麼會走到如此難堪的地步？

而到現在我還是覺得，只有斯里蘭卡，才配稱得上「熱帶的桃花源」，它的美，美在不喧譁不諂媚，尤其是當我坐在康提高原度假屋的庭院，眼前層層疊疊的，盡是一大片野孩子撒野似的綠，正歡天喜地，沿著山坡往碧藍的大海滾下去——

度假屋的管家還特別指示，只要一路往前探進，穿過繁茂的樹林，站到懸崖邊上看風景，那裡就是所謂的「世界的盡頭」。我聽了禁不住微笑，天涯太遠，先到海角，我當時處身之地，不就是陽光最燦亮的海角嗎？而到過海角，天涯還有多遠，其實已經不重要，我也其實不急著知道了。

曼谷。

Bangkok

愈墮落愈美麗

曼谷怎麼那麼熱？不單止熱，而且吵。我問雲森，你平時只拍人？而且，只拍好看的人？也不是的。他說。我也拍陌生人。在銳舞派對，拍忘情的音樂騎士，拍在音樂的洪流裡乍浮乍沉的人——或者這麼說吧，我喜歡拍生動的人，喜歡拍把自己活得好看的人。

我於是不再說話。飯店安排的車子開始往市郊開去。雲森是我這趟拍攝的攝影師。我掏出印著切·格瓦拉肖像的手帕印了印額頭的汗——我一共在Chatuchak市集買了三塊印著名人肖像的手帕，一塊是切，一塊是安迪·沃荷，另一塊你猜是誰——是毛澤東。而這就是曼谷，俯拾即是的幽默，無邊無盡的趣味，以及，目不暇給的驚喜。

而我在潮水般湧著過來的人群中，架起太陽眼鏡，一眼就看中一只酒紅色，造型得體的二手古董「醫生包」，我讓店家將它取過來，不動聲色地飛快檢查了品相，發現標籤上竟是義大利小羊皮，於是佯裝一臉不為所動地將打折後的價錢再壓個三折，然後轉過頭對同伴說，買下來當登機手提行李還真挺合適。

可那畢竟是疫前的事了——時尚是易燃物，一個不小心，就會引火自焚。還好我現在已經一條一條剪斷，也一吋一吋撲滅身上的導火線了。但我從來沒有不承認曼谷是絕對值得深入探險的購物龍潭虎穴，名牌以外，泰國的本土設計師比誰都前衛，而且交出來的實驗性時尚作品也都偏向高分貝：吵，雜，響，但另有一股熱鬧的趣味，同時反射出強烈的極端性和叛逆性，把真正適合亞洲人身型的服裝還給亞洲人。

然後車子終於在一家大得讓人瞠目結舌的倉庫前停了下來。曼谷的造型師朋友在電郵上說，他們家老闆有點小脾氣，畢竟名氣大，連好萊塢大製片家都飛過來看場景挑道具買古董，所以要做好心理準備很多時候不一定在配合上有求必應——而那其實是好幾年前的事了。當時飛曼谷出席高端時尚品牌的春夏新裝發布，索性將觸角也同時伸出去，和當地頂尖時尚團隊跨「國」界合作，拍攝一組以「懷舊」為主題的時尚大片——但我比較關切的是，除了泰國一線男模，還有沒有其他國籍的臉孔可以選擇？我想要的，是歐洲臉孔和亞洲風情在畫面上彼此撞擊，繼而迸發出來的懷舊張力。

結果當地模特兒經紀很快就把模特兒的檔案傳了過來，他說，剛巧有兩位氣質比較文靜，分別從南非和英國飛進曼谷，很快走完幾場大秀之後就得轉飛新加坡，你看合適不。

懷舊本身就是一種時尚。同是也是一個召喚集體回憶的陷阱，經常讓人腳下一滑，就掉進了昔日的華麗懸崖，久久爬不起身——所以模特兒的氣質一定要有優雅而細緻的懷舊感才行。一定一定要。

至於場地要求，雲森和我都鍾情於盛名遠播的Papaya Antique House，或乾脆一點，就叫它「木瓜懷舊倉」，結果我們一踏進去——傳言果真非虛，其面積之大，等如一間完全符合國際規模的「宜家」專賣場，樓分四層，每一層的每一個角落，都機關處處，甚至還自搭升降機，方便卸載置於高處的古董家具和老舊旅行箱，因此即便在場內來回巡走了好多遍，感覺還是人在迷宮，一恍神就迷路，一迷路就心慌，並且在各種年代的人偶、燈盞、擺設和座椅之下穿行，常擔心一轉彎會不會撞上誰，也害怕自己是不是已經被迷魂，掉進了另外一個時空。

到後來我才開始領悟——迷路，在Papaya絕對是一個柳暗花明的體驗。就算只是一個拿不定主意的左轉或右拐，都會帶給你年代截然不同的時空交錯感：明明前一分鐘還震驚於一整排氣宇軒昂、比人還高的童年英雄超人模型，下一分鐘已經誤闖由安迪．沃荷七彩普普世界架構而成的懷舊酒吧；甚至還會一不小心撞倒三〇年代驗眼師用來鑒定近視和閃光度數的造型誇張的驗眼器；隨後轉過身又踢到五、六〇年代傳統電影院用超大鐵盤裝置底片的電影放映機——

的確，在Papaya隨便一個角落，都像極了一個設置妥當的拍攝場景，彷彿隨時都會有某知名大導演闖進來，張手比劃，大聲叱喝，一句「開麥拉」，就拍成一部風行全球的電影——「不奇怪。我們這，早成了世界各地電影製作道具組一定要飛來尋寶的地標，很多國際電影雜誌早就介紹過了」，Papaya那位長年坐在櫃台前氣定神閒抽著紙菸翻帳簿按計算機的老闆，嘴角微微翹起，在我們拉隊離開之前驕傲地說。

而曼谷到底是曼谷。愈墮落愈美麗。晚上慶功，從五十六樓的「Moon Bar」往下探，曼城霓虹燦爛，多麼像一條條扭著腰吐著舌，奮力向前挺進的花蛇，而曼谷的夜，總是愈夜愈糜麗——離開之前，腳步開始有點輕浮，而難得離天空這麼近，一時興起，差點想踮起腳尖，隨手把掛在天邊一顆顆觸手溫熱的星星摘下來，然後偷偷塞進褲袋裡帶走，讓它們一閃一閃的，陪著微醺的我，慢慢走回隔鄰的飯店去。

新加坡。

Singapore

娘惹與月光

但我沒見過烏節路的月光——我的意思是，我沒有站在新加坡的城裡，抬起頭，靜靜望著頭頂上的月光。

這樣的場景，我倒是在香港經歷過的。有兩年中秋前後，恰巧人在香港，一次是在砵蘭街的果欄附近，一次是在上環的電車站，也恰巧都是一個人，吃過了飯，信步而行，一抬頭即不禁驚歎，原來香港的月亮不僅僅圓，還隱隱有一種說不出來的滄桑。於是在那一剎那，不知道爲什麼，你會但願有個人，在同一時間恰巧也抬起頭，和你一同望著天上的月光——也因此，到現在我還是把有沒有抬頭看過天上的月光，來界定我對一座城市的熟悉和親暱。

可惜的是，我對新加坡的記憶，從來都不是統一而完整的。反而都是零碎的，片面的，甚至是剪開來之後再拼湊上去的。主要因爲我沒有聯邦人情意結，對新加坡的印象沒有長堤，沒有海關，沒有居留證，第一個被我認真記下來的，就是烏節路的詩家董，以及義安城內的Takashimaya和Kinokuniya，那幾乎是最初在我的記憶庫裡一落腳就不肯走，關於新加坡的僅有的名字了。因此有一次，走在烏節路上，我側過頭，笑著對已經成爲新加坡永久居民的一位朋友說，不認識烏節路，就好像住進了人家家裡，而不懂得稱呼人家的姓氏一樣，那是一件多麼沒有禮貌的事啊。

奇怪的是，我走在北京的王府井大街和上海的南京路步行街，常常會沒來由地想起新加坡的烏節路和吉隆坡的武吉免登，雖然只是一條街道，竟慢慢變成了一種雷同的鄉愁。當然那街景和民情不盡然相似，只是被觸動的聯想，畢竟還是相通的——都是長長一條熱鬧的大街，兩旁轟然而立的，盡是不可一世的名牌店鋪，你若尖起鼻子沿路探尋，必會遇見一攤攤反映民情的當地美食，並且也總會遇見一兩個來自五湖四海的街頭賣藝人，在一個暮色逐漸四合的城市，言不由衷地唱著悲傷的情歌，還有那一整條路上來來往往，有些行色匆匆，有些好奇地被吸引，停下來聽他演唱的行人——而這一些畫面我知道，最終會在我的腦海自動被剪成一條流暢的短片，讓一座城市的面貌，日後如果被回憶，就會自動地晃盪起來。

這樣子街頭賣藝的情境其實烏節路也有，只是一直沒有辦法複製有一年我站在阿姆斯特丹的街區聽一個街頭音樂人演唱，他的聲音低沉得像一口井，特別是他的滄桑，像歲月的海浪拍打在記憶的岩石上，一波接一波，聽到最後，周圍的人都紛紛別過臉，不敢正視彼此的眼睛。

於是我記起，我曾經在烏節路的人潮還沒有洶湧起來的早上，一個人，站在路邊吃過一塊異常美味的雪糕麵包，而周遭樹木蔥綠，有些彷彿還閃耀著來不及溜走的露珠，一切看起來很靜，很清，很乾淨，新加坡本來就是一個以乾淨著名的城市不是嗎？我喜歡這樣子還沒有完全醒過來的新加坡，少了把臉端起來的道貌岸然，多了一股睡眼朦朧的親切和善，這也是我一直留給自己的一張私藏的明信片，標的題目就叫做「我心裡的新加坡」——遺憾的只是，我在烏節路的娘惹餐廳，坐在旋轉的老風扇底下望出去，看見豔陽下搖曳的芭蕉和椰樹，卻沒有看見小娘惹擺動的腰肢。

所以我從不貪戀烏節路的愈夜愈美麗。後來好幾次出差到新加坡，飯店分明就在烏節路核心，可活動一結束，我轉身就直奔飯店房裡，關上門，把烏節路的車水馬龍和霓虹閃耀都拒於門外——烏節路的夜景雖然美麗，但那一片水漫金山般的晶光燦爛，我從廿幾樓的飯店房間望下去，還是隱約看見它藏著一股自重、兩分矜持、三疊拘謹，並沒有完全放開來。而這跟曼谷的狂放或香港的豪邁相比之下，明顯有了很大的不同。烏節路的夜生活，總少了一種報復性和顛覆性的痛快。尤其我特別相信，一座城市最原初的性格和屬性，總是在暮色四合並霓虹閃爍之後，才慢慢顯現出來。

反而是，下一回再到新加坡，我特別想回去宏茂橋一座已經叫不出名字的組屋走一趟，我在那裡有過一小段高中剛畢業，一個人跑到新加坡，一度以爲這座城市也許包容得下我的夢想的記憶——過渡性的記憶。那時我未滿廿，住進老同學和他朋友合租的單位，一屋子全是一群廿上下，各自懷著大小不一的夢想擠在一起的年輕人，誰也不知道誰將來的路會比誰的更順暢，誰也說不準誰的未來會比誰的更堂皇。那個時候，我的夢想羽翼未豐，那個時候，我也不知道烏節路在新加坡其實就是第三人稱的代名詞，代表華麗，代表國際，代表高尚——我比較懷念的是，那時在電子廠當學徒的老同學放工之後回到組屋，會領我一道外出吃晚飯，而我特別愛在附近的小販中心點一道海鮮湯，那湯的味道其實已經在我味蕾的記憶裡漸漸流失，好像有一點點辣，又好像特別清甜，但因爲那是第一段和新加坡牽連的記憶，難免特別珍惜，並且我知道，我們往後終將各自往不同也不會再交接的方向奔去，所以那一小段時光，我都一直珍重至今。

我還記得，後來和老同學在家鄉見面，少年的魯莽和青澀已經在我們身上全盤刷褪了痕跡，他告訴我，我因爲臨回馬來西亞之前把護照落了在組屋樓梯口最後被找回來，於是他隔天心血來潮，按著我護照上的號碼到投票站下注，結果竟真的開出頭獎，讓他發了一筆不小的橫財。可惜那時候我已經離開，轉赴吉隆坡，戰戰兢兢，踩出一條我往後一路循著往前走下去的羊腸小徑。至於那些一哄而散的記憶——關於新加坡的，關於組屋底下公衆花園裡涼風習習的，關於第一次上迪斯哥燈紅酒綠地跳舞的，日後一塊一塊拼接起來，竟也成就一張濃豔而喧譁的百家被，暗中埋下了伏筆，準備日後揚開來，鋪就我和新加坡未完結的相遇。

還有一件有趣的事，關於我和新加坡的。我不喝酒，幾乎滴酒不沾，因此我特別記得二〇一五那一年，恰巧碰上新加坡建國五十周年，我受邀出席L字頭高端時尚品牌在金沙灣舉行的大型酒會，然後被安排住進百年歷史的萊佛士飯店，從機場回到飯店，甫推開房門，飯店已經貼心地在桌子上預先擱一杯「新加坡師令雞尾酒」迎賓，我一時草率，誤當成果汁，咕嚕一聲仰頭喝下，結果當晚的派對，據說我表現得比平時活潑許多，一整晚臉頰都紅粉菲菲地在傻笑，讓熟悉我的朋友好生奇怪，我什麼時候變得這麼長袖善舞了——但我一直念想的，其實是飯店浴室裡彷彿藏著娘惹們的祕密的青色瓷磚，一塊一塊，不動聲色地嵌進牆頭和地板，細細雕刻著歲月的風華，那麼地精緻，那麼地引人遐思。

我因此好奇，新加坡除了國土繁榮和領導英明，背後會不會有一兩段纏綿悱惻的愛情故事，可以讓那些沒有結局的情節，惆悵地流傳下去？時移勢遷，我常常希望，歲月湮沒的僅僅是遺憾，而不是愛情的本質。尤其新加坡，從獨立成國的淳樸，到愈來愈張揚的幹練和強悍，就像一個漸漸世故起來的女人，它迷人的不應當只是獅城的景觀，也不應當只是烏節路的城市風情，而是它在每一條乾淨利落的街道，以及每一座時髦的標誌性建築背後，被隱藏起來的關於peranakan峇峇與娘惹的故事。偶爾走在烏節路上，禁不住心念一閃，如果可以瞥見一抹迅速隱入名店和商場內稍縱即逝，娘惹們旖旎的紗籠，還有曲線玲瓏的可巴雅，那該是多麼綺麗的一件事，那也才是一座城市讓人神魂顛倒的元素——新加坡缺的不是萬里前程，新加坡缺的，只是蕩氣迴腸的故事。

（收錄於《我星國我街道》，廹迌出版社，新加坡）

後語

錯過的，未必更美麗

喜歡句號的人不適合旅行——旅行是一條破折號，當中有許多的按下不表，太多的餘言後續，也有許多的鏡頭切換，更有許許多多的，一人分飾多角。沒有一趟旅行是絕對誠實的，尤其是，當你的身分是一個書寫者的時候。每站到一處新的風景面前，感受和體驗都還是其次，第一個飛轉而來的念頭是如何去敘述，而一旦牽扯到敘述，風景已不單純只是風景，而是自動易位，成為被敘述的題材。於是在同樣一個題材面前，你馬上以相應的技巧，決意呈現出和其他人截然不同的另一面風景，不同層次，不同角度。而到最後，在風景的袒露和遮掩之間，你看見的，其實是另外一個素未謀面的你自己。

因此旅途中最好看的，往往不是風景，而是在風景周圍走動的，以及在不同的場景和你點頭、對視、微笑，然後錯肩，甚少真正留駐下來的人——這些一晃而逝、沒有在你預計的行程，也沒有在你設定的書寫手段中出現的人，他們永遠比風景生動，也比山湖遼闊，比風雪深刻，其實才是旅程結束後，你最值得私藏的一份手信，而且他們也往往是你從旅途中帶回來，第一個急不及待想要寫下的句子。

很顯然地，這一本輕散文集，並不是無微不至的遊記，而是興之所至的隨記。寫的雖然是我走過的城市，到過的國家，散步過的湖畔和河岸，但這十四個國家，廿四個城市，每一個都有它自己的風情和脾性，每一個都在初次見面的時候，已經向我展示它可以被實驗的可能性，可惜我一直缺乏澎湃的書寫動機，一心只想著邊走邊看，邊看邊記，於是留下來的，都是因風景而生，卻又都是躲在風景背後，所遇見的人、所碰見的事、所看見的我自己。

何況大部分旅程的形成，都是我在雜誌界那些年，趁出國公幹之便，任務完成後的自費延長逗留——派到哪裡，就停在哪裡，不外就在著陸的那一個地方多留幾天，或頂多移動到最靠近的周邊城市，看一看人，也看一看風景。因為是個人行程，我總把它當作是緊繃的採訪工作之後，校鬆神經，收緩步調——既然天涯太遠，那就先到海角，一路信步而行，一切率性隨心。順著旅程的遠近和長短，發現敘述的語境，還有處身的場景，不斷切換，經常脫序，從不規律，而這，不才是人在路上的意義嗎？風景如是。人與人之間的因緣際會亦如是。只要在路上，我一點都不奇怪，原來每一個人都會自動成為半個哲學家，對一掠而過的風景與人情，都有著不同的收割與感悟，很多時候，錯過的，未必更美麗，甚至因為錯過而落成的遺憾，也未必不是一份值得感激的禮物，它會在多年以後的夜裡，突然發光，在你最需要的時候，替你儲備好安慰和獎勵。

但我始終是個蹩腳的遊客，到現在都是。一個人，走在陌生的城市，常常迷路，也很享受常常迷路，並且老是抓著手機，或老是掏出一冊小小的記事本，按圖索驥，一看就知道不是個老練的旅行家，一看就知道，對腳底下這塊城市的認識還沒有到家——

因此我有時候站在佛羅倫斯聖十字聖殿前面的廣場中央，不知所措地被潮水一般洶湧的遊客推搡著，遲遲做不了決定：下一站應該先趕著去探一探但丁的故居？

還是趁太陽下山之前，登上高原的米開朗基羅廣場，和五湖四海的遊客一起目送充滿文藝復興氣息的夕陽慢慢西墜？有時候我會靠在巴黎的塞納河堤，看著一列深綠色鐵皮盒撐開來的舊書亭，也看著把長髮隨手束成一個髻，英俊得讓人魂飛魄散的年輕二手書商，抽出搜集到的封面硬皮燙金絕版書，莊重地遞給彬彬有禮的書客，而那絕對是我這一生見過的，最美麗也最讓我感動的紙本書買賣過程。也有時候，走得累了，我索性坐在阿姆斯特丹河道邊潮濕的鐵椅子上，看著賞心悅目的情侶，在暮色慢慢合攏的船屋甲板，依偎著等待一壺咖啡慢慢地煮開——所以到現在我還是相信，漫無目的地漫不經心，是認識一座城市最謙虛最誠懇，也最塞翁失馬的一種方式。

更何況，我的志向從來就不是當一個在宏偉的、鬧騰的、名不符其實的輝煌景點面前像個兵將那樣風風火火衝鋒陷陣的觀光客。我總是臨時起意，總是無意中抄一條幽靜的小徑，也總是從最平民的場景切入，和斯文的流浪漢分坐在公園裡一條長凳的兩端，他抽他從褲袋掏出來的半截香菸，我吃我不澆巧克力只抹杏桃果醬的可麗餅，坐著坐著，也慢慢地，坐看出旅行的另一層奇異的意義。

而記憶裡的風景——其實是一種召喚，看風景的人，一旦和風景對視或會晤，總有點像祭司在宗教儀式上，端起聖物，然後又放回原處，其實已經賦予風景，一層新的、因人而異的意義。有時候，風景所召喚的感受力，會讓風景留下更多的想像空隙，在記憶中就像纏上鎖鏈的木箱，沉落湖底，等待被開啟，有時候又好像很多年前從廟裡求回來的一紙籤條，終於解開籤詩背後溫婉的含義。

但記憶是有局限的，專挑想記的記。它不是不誠實，它只是和人一樣，也有私心，也會偏頗。因此走過的城市，到過的地方，我也難免挑喜歡的記，是不是良辰美景，並沒有太大的關係。記憶可以深入淺出，美好的光景也一樣，可以浮現了又消失。

就好像特別喜歡巴黎，喜歡巴黎的美在任何時候都罩著一暈餘韻，美在一切彷彿剛剛才開始，更美在好像什麼都可以發生，也好像什麼都被允許發生——

這也是為什麼，初識巴黎，是一邊興高采烈地迷著路，一邊興高采烈地，不急著給自己找出路。甚至一段接一段，一巷穿一巷，一直迷路迷到塞納河畔香檳色的月亮都溜出來了，仍樂而不疲。我還記得第一次到巴黎，住在就只有幾間客房的小旅館，我其實並沒有刻意去記住當時的旅館名字和街區，我只記得我用力推開旅館的落地木窗，站到露台上用力把孔雀藍的外套晾出去，似乎在義無反顧地向巴黎宣告，這是我迴光返照的青春最後一場的公開演出，立即驚散了停在露台邊的鴿群，然後從露台往下望，望見巴黎竊竊私語的光影，投射在一張張陌生的臉上，蕩開一大片巴黎的夜色——這樣已經很好。其實曾經這樣，就已經很好。

但寫景和寫人，到底還是有分別的。山水不會破敗，但人會改變會憔悴會凋零。而風景本身就是詩，即便如如不動，也有滾動文字的能力。所以我會詳確記得一條自得其樂的河流，記得一座城府深沉的湖泊，記得一座炯炯有神的城市，記得一條鬱鬱寡歡的街道，它們都是生動的素材，適宜被搬移到不同的文體。但旅途當中更珍貴的，往往是人，往往是和人之間的偶發事件，以及互動行為。你其實猜不著，這些零星碎片，到最後居然增添了旅行的情節結構和戲劇氛圍。結果從旅途歸來，你才發現，最大的收獲竟是意外地替自己開拓了平淡日常以外的戲劇化空間，又幽微又豐饒，讓你產生時空錯覺，掉入解放潛意識自我而臨時搭建起來的虛擬空間——可惜客途遊人與在地居民，大家都只是彼此的臨時演員，互相從對方身上探索對遠方的好奇和嚮往，這樣的相遇與契機，因為太倉促，所以不真實。

名城掠影。小鎮漫遊。風景都只是背景。一個人的旅行之所以稱心，之所以值得回味，全是因為你沿路前行，都只專注地和自己進行輕柔適度的，精神上的指壓和按摩；更因為你由始至終，完完全全就都只是一個人，所以你走到哪裡、停在哪裡、呆怔在哪裡、流連在哪裡，其實都在反映最真實的你自己——包括你潛伏的欲望，你真實的取向，你長久的嚮往，還有你的陰暗的壓抑。而貫穿一整個旅程，和你緊緊嵌拴在一起的，其實也就只有和所有人際關係徹底切斷聯繫，在平日喧囂的孤獨中，完全掙脫出來的你自己，而他一路尾隨，從不走丟，這很可能就是一個人坐十幾個小時的飛機，飛越萬水千山，既不雄偉也不壯麗的全部意義。

真正讓人動容的風景，是意外之外還有之外，是安靜之餘還是安靜——而且那安靜，是地動山搖的安靜。旅人難免自私，會在某個特別被觸動的時刻想獨攬一片風景，我也不例外。因為在這借來的風景和時間裡，平方是你，圓周也是你。

天涯太遠，先到海角

看世界的方法 266

作者——范俊奇

封面設計——朱疋
編輯協力——林煜幃
責任編輯——魏于婷

發行人兼社長—許悔之
總編輯——林煜幃
副總編輯——施彥如
美術主編——吳佳璘
行政專員——陳芃妤
編輯——羅凱瀚

藝術總監——黃寶萍
策略顧問——黃惠美・郭旭原・郭思敏
郭孟君・劉冠吟
顧問——施昇輝・宇文正・林志隆・張佳雯
法律顧問——國際通商法律事務所｜邵瓊慧律師

出版——有鹿文化事業有限公司｜台北市大安區信義路三段106號10樓之4
T. 02-2700-8388｜F. 02-2700-8178｜www.uniqueroute.com
M. service@uniqueroute.com

製版印刷—沐春行銷創意有限公司

總經銷——紅螞蟻圖書有限公司｜台北市內湖區舊宗路二段121巷19號
T. 02-2795-3656｜F. 02-2795-4100｜www.e-redant.com

ISBN——978-626-7262-91-7
初版——2024年9月

定價——380元

天涯太遠，先到海角 / 范俊奇 著 —初版・— 臺北市：有鹿文化，2024.09・面；（看世界的方法；266）
ISBN 978-626-7262-91-7
855……113009463